VALSA
de esquina

Coleção de literatura
brasileira contemporânea

# Avenida Molotov

/

Pedro Guerra

Editora Quelônio

*Para Santiago e Martin*

"Aquele homem que o senhor mandou
não é mais aquele. Eu era ele, agora sou eu."

João Ubaldo Ribeiro, *Sargento Getúlio*

# 1.

Quatro da tarde de um dia ensolarado de 1992. Mas disso João Paulo não se lembra. Nem disso nem dos cheiros, das roupas que vestia, do par de tênis, da bicicleta que pedalava, do que aconteceu antes e do que veio depois. Ele havia acabado de sair de casa, disse para a empregada que iria jogar videogame com Fouad, amigo sírio-libanês que no departamento de registro da sua vida não merecia nada além de uma pasta ocre perdida no enorme arquivo destinado a pessoas conhecidas. João Paulo não chegou à casa do seu amigo naquele dia. Seu pai e, principalmente, sua mãe já haviam alertado para que ele não saísse pedalando pelas ruas do bairro.

"Bicicleta é só para passear na praça ou no sítio do seu avô", diziam quase em uníssono. "Esses motoristas são todos uns loucos. Lembra o que aconteceu com o Tiaguinho, filho da Emília?..."

Tiaguinho ficou paralisado da cintura pra baixo depois de ser atropelado na calçada em frente à sua casa por uma perua de entregas. Servia de modelo de dissuasão sempre que João Paulo se metia em algo minimamente perigoso, como pular de trampolim na piscina do clube, andar de patins e correr pela varanda nos dias de chuva. Ficar como o Tiaguinho era a pior coisa que poderia acontecer a alguém da sua idade, ele aprendeu logo. E mesmo assim, lá estava ele pedalando, atravessando as ruas do bairro, os passeios esburacados, zunindo junto aos carros mal estacionados e aos veículos em movimento. Os parafusos soltos, a corrente frouxa, o quadro e o guidão mal se aguentando; a estrutura de metal chacoalhando embaixo de seu corpo, maltratada que só ela. Os dois, João Paulo e a bicicleta, eram o que as pessoas chamam de um acidente esperando para acontecer.

Ele sempre passava por ali, sempre fazia aquele caminho. Cruzava a avenida na altura do ponto de ônibus em que pegava a condução para ir à escola, passava em frente à única pizzaria com rodízio do bairro, improvisava um atalho pela ruela que cortava o terreno baldio e já saía na alameda de cima, uma viela deserta, de onde dava para ver a casa do Fouad no fim do outro quarteirão. João Paulo nem viu o veículo passando rente à calçada, nem a mão do passageiro dando um tapa em seu braço. Disso ele não tinha nenhuma memória. Muito menos do grito que saía da janela — algo como "pivete", "pirralho" —, e ia se dissolvendo no ar à medida que o carro se afastava do seu corpo esparramado e coberto de poeira no chão.

Dois minutos, meia hora ou duas horas depois, ele abriu os olhos. As pernas estavam bem, os braços estavam bem, a coluna, a cabeça e a bicicleta. Tirando o pó avermelhado sobre as roupas, um arranhão no cotovelo e uma leve dor na cintura, estava tudo bem. Um banho e alguns band-aids dariam jeito nisso tudo, ele pensou. Também pensou no que sua mãe e seu pai iriam dizer quando descobrissem que o filho caiu no passeio esburacado, no meio do nada, ficando desacordado sabe-se lá por quanto tempo. Foi atropelado? Ou foi empurrado? Ou caiu por descuido próprio? Ia apanhar, isso era certo — com o cinto do pai ou com o tamanco da mãe, do mesmo jeito que apanhou quando, uns dois anos antes, pingou de propósito várias gotas de adoçante no pote de manteiga. Fora o palavrório, a gritaria, "você não me ouve", "quantas vezes eu vou lhe dizer", "se você morresse, eu ia te matar", "o Tiaguinho", "você quer me matar do coração?", o castigo de um mês sem pisar na casa do Fouad e, com a mais cristalina certeza, o fim dos passeios de bicicleta. Teria sido um destino mais nobre para ela, a bicicleta, se tivesse sido amassada e destruída no acidente. Mas não. Estava inteira, pelo menos inteira como antes do acontecido. Dali em diante, e por um tempo do tamanho da eternidade, certamente ela teria que se contentar com o escuro da garagem e a companhia do Corcel azul, único veículo motorizado da família.

Após alguns segundos sentado, cabisbaixo, imaginando um futuro próximo nada feliz, João Paulo colocou-se de pé, espanou a poeira do corpo, passou a mão no rosto suado, que tinha bolotas de pó umedecidas; e com pena de si mesmo pegou a bicicleta pelo guidão. Nem chegou a levantá-la.

"Segura, porra! Pega o boné! O boné, caralho!"

As palavras vinham do outro lado do muro que cercava o terreno baldio. As sílabas misturadas ao farfalhar das folhas secas pisoteadas, aos gemidos dos rapazes envolvidos na cena oculta e ao som seco do jeans sendo arrastado no solo pedregoso. Embora já soubesse da encrenca em que estava metido a essa altura, João Paulo se postou, ato reflexo, ao lado do portão de madeira. E no momento em que viu o que viu, tudo o que ele queria era entender o que estava acontecendo ali, na cena que observava pelas frestas do velho portão de madeira.

Se, por acaso, um outdoor daqueles iluminados se materializasse mostrando os rostos do seu pai e da sua mãe lhe ordenando para sair dali naquele momento, ainda assim ele não recuaria. Terrenos baldios, havia aprendido, eram onde pessoas se drogavam, onde aconteciam rituais de magia negra com sacrifício de animais domésticos, rinhas de galo, brigas de cães e todo tipo de depravação. Para um garoto de onze anos, isso também era a outra definição de paraíso. E assim, seu pai, sua mãe, Tiaguinho, a bicicleta e os ferimentos desapareceram de sua cabeça.

"Joga essa porra aqui!"

O mais baixo deles atirou o boné no chão. O terceiro rapaz chutou o boné longe.

"Mas eu não fiz nada."

"Não fez nada o caralho!"

"Você é bem filho da puta... A gente te conhece, a gente sabe..."

"Eu não fiz..."

"Cala a boca! Cala a boca! Nem mais um pio, porra!"

As palavras saíam ásperas, lembrando o som da unha arranhando a lona pesada; elas vinham da garganta, sem ajuda do pulmão, e passavam espremidas por entre as brechas da parede cerrada de dentes. Era o som do ódio.

O mais alto deu um chute no rosto do garoto amarrado à árvore. A cabeça pendeu, derramando um fio de sangue pela boca. João Paulo conhecia o mais alto. Lorenzo estudava na sua escola, jogava no time de basquete. Eles não se davam mal, mas também não se davam bem — era o que em geral acontecia entre alunos da quinta série e do pré-colegial.

Os maiores faziam pouco caso dos menores, ao passo que os menores os respeitavam como divindades mitológicas. Ocasionalmente, durante o recreio, se trombavam na quadra, onde garotos de todas as salas disputavam o direito de jogar futebol de salão nos parcos vinte minutos de intervalo. Era quando a indiferença de Lorenzo era substituída pela soberba: o time de João Paulo passava mais tempo catando a bola no fundo da rede do que trocando passes. E entre gracejos e piadas jogados na sua cara ali na quadra, João Paulo ia se acostumando aos seus onze anos.

"Me dá isso aí?"

"O que você vai fazer?"

"Dá aí, caralho!"

Lorenzo sacou um canivete e se dirigiu ao rapaz desacordado. João Paulo conhecia esse também. Wilson? Gilson? O nome lhe escapa. Lembrava de vê-lo diariamente ali na calçada em frente ao boteco do Giba. A frente do bar e Gilson — Wilson? — sempre apareciam em dupla na cabeça do João Paulo, como se um funcionasse como adorno do outro. Gilson! Sim, finalmente se lembra, era esse o nome. Além de uma disposição obsessiva para paquerar toda garota que se aventurasse no boteco, sem distinção de raça, credo ou classe social, Gilson também fazia das suas, trocando toca-fitas por merreca, tênis importados por relógios de procedência incerta. Vivia à base de bicos, lavando carros na rua, vigiando os veículos estacionados no quarteirão, flanela no ombro, enquanto negociava pares de chinelos Kenner, de origem ignorada, como grande atravessador e distribuidor de mercadorias adquiridas sem nota fiscal que ele reconhecidamente era.

Um dia não muito distante daquela tarde em 1992, Gilson aparecera com uma coleção de selos. Quem ainda colecionava selos? Quem ainda tinha pinças e lupas para examinar as ranhuras, a impressão, as cores daqueles pedacinhos de papel picotados? Mas na cabeça do Gilson alguém aceitaria, em troca de algum dinheiro, aquela coleção com estampas dos Estados Unidos, Canadá, Argentina, Uruguai, Alemanha, Noruega, Hungria, França, México, Panamá, Itália, Japão, Rússia, França, Portugal, Polônia, Ilhas Virgens, Granada e Porto Rico. E não adiantava saber onde Gilson havia arrumado aquela pasta encadernada de couro. Era sempre de algum amigo, de um primo distante ou de algum amigo de um primo distante que precisava com urgência converter em grana o que quer que fosse. Um problema que Gilson ignorava era que uma coleção dessas não despertaria muito interesse por ali, ainda mais naquela rua, com aquelas pessoas que passavam em frente ao bar do Giba. Relógios iam e vinham, lapiseiras bonitas e lustrosas não demoravam nadinha na mão dele, mas os selos… Ele apresentou em vão o álbum a médicos, professores, engenheiros, ao funcionário da copiadora ao lado, às professoras da academia de dança, às alunas da academia de dança, aos estagiários do escritório de advocacia, aos frequentadores do bar do Giba, aos que por ali passavam vez ou outra. Também não ocorreu ao Gilson que do mesmo jeito que ninguém se interessava pela pasta, não deveriam ser muitos os que dispunham de uma coleção como aquela para vender por aí como se fossem um representante de marca de cosméticos. E foi por isso que ele sumiu uns dias. A única vez que não se viu aquele corpo magrelo sentado no banco de plástico vermelho na frente do bar do Giba. Quando apareceu de volta, Gilson estava sem a pasta de couro, mas com o braço direito engessado. E mancava.

"Acorda, porra! Não é tu que é o espertinho?"

"Dormiu, o filho da puta."

"Cara folgado, rapaz."

Lorenzo ficou de cócoras ao lado do corpo inerte. A lâmina do canivete rasgou pele e cartilagem separando a orelha da cabeça do Gilson. De longe, através da fresta da porta de madeira, João Paulo viu o rosto flácido e os lábios ensanguentados do negociante de selos se contraírem devagar, como se a consciência fosse resgatada das profundezas de algum lugar escuro e distante, e de lá viesse arrastada. A testa franzida, a boca crispada, os feixes de músculos do pescoço se retesando e tudo se derramando num esgar de dor e raiva.

"Bom dia, flor!"

"Seus filhos da puta! Seus filhos da puta! Filhos da puta!"

"Fala baixo! Fala baixo! Quer morrer, porra?"

Gilson começou a se debater, sacudindo o corpo, e a chutar o ar. Os três sorriam enquanto Gilson chacoalhava a árvore. Os pulsos esfolados pela corda e pela raiva. Tomado pela dor, ele imaginava dilacerar a pele e os músculos do pescoço de cada um deles com seus próprios dentes; e só essa imagem fantasiosa de seu rosto lambuzado de sangue, pupilas dilatadas, com os corpos dos três rapazes em pedaços a seu lado, só esse filme passando e repassando em sua cabeça o mantinha esperneando.

"Não fica aí gastando energia que ainda tem muita diversão..."

"O cara todo tranquilão, voz macia, cheio de onda, agora tá nervosinho?"

"Tu se fodeu, otário!"

"Eu vou matar cada um de vocês, vou matar muito!"

"Ô! Olha a falta de educação!"

João Paulo não conhecia nenhum dos outros dois rapazes. Para ele, eram apenas outros Lorenzos, em sua violência e desprezo, que se revezavam nos chutes e nos tapas. Ele então se deu conta de que sua boca estava entreaberta desde muito tempo. A língua seca teve dificuldade de empurrar a pouca saliva esôfago abaixo. Olhou ao redor e viu duas mulheres andando na calçada na outra ponta da rua, absortas. Um Del Rey dourado com dois ocupantes deslizou preguiçoso enquanto um barulho muito alto de serra elétrica cortando azulejos ou pedras tomou conta do quarteirão. O zunido funcionou como um sinal para os três Lorenzos. Protegidos atrás do caos sonoro e dos muros, os garotos se preparavam para reinstalar a Idade Média, não fosse o enorme portão de madeira seca, atrás do qual se escondia João Paulo, desabar no solo.

Lorenzo e os outros dois se viraram a tempo de ver um tênis de lona azul sumindo na calçada. João Paulo saiu patinando, os pés deslizavam como as rodas de uma motocicleta atolada na lama. Havia visto isso inúmeras vezes nos desenhos animados, e agora era ele que corria sem se mover. Se tivesse tempo de pensar, amaldiçoaria o momento em que ignorou sua natural covardia. Que força o fizera ficar observando os outros fazerem o que não deviam num lugar onde ele não precisaria estar? Era curioso, sim; mas corajoso, definitivamente não. Não bastou ter desobedecido aos pais, não bastou ter sido atropelado e jogado na calçada, dando razão a todos aqueles sermões infindáveis sobre violência, motoristas irresponsáveis e Tiaguinho, ele agora estava ali tentando montar em sua bicicleta para fugir de três protótipos de assassinos que haviam acabado de amputar a orelha de outro moleque. Sim, se tivesse tempo para pensar, João Paulo imaginaria ser o menino de 11 anos mais estúpido que conhecia. Mas, ali na ruela deserta, ele era só reflexo e instinto.

"Vamos! Vamos! Vamos! Vamos!", falava João Paulo para suas pernas. Ergueu o corpo, ficando quase de pé para usar o próprio peso como força motriz. E empurrava alternadamente os pedais para baixo puxando o guidão para cima, subindo e descendo, subindo e descendo, subindo e descendo, como um pistão lubrificado pelo pavor. A serra elétrica continuava a serrar; o ar era só aquele barulho agudo e irritante. Será que eles estão perto?, João Paulo se perguntava, sem olhar pra trás. Não queria se desconcentrar do que havia se proposto a fazer: pedalar com mais força e rapidez do que ele havia pedalado a vida toda. Se olhasse para trás, só veria o que o som da serra estridente encobria: as passadas de Lorenzo.

Os corpos rolaram pela calçada; o mundo girava na cabeça de João Paulo, que ao mesmo tempo tinha a nítida sensação de que essa desarrumação espacial só acontecia dentro dela. Como nos caldos violentos que ele vez por outra tomava no mar, a onda nunca sentia nada. E antes que o planeta retomasse sua forma usual, João Paulo se viu embaixo dos sessenta e poucos quilos que atendiam pelo nome de Lorenzo. Os seus finos pulsos aprisionados no chão pelas mãos do agressor, que montava em seu tórax. Não foram poucos os segundos em que permaneceram ali, naquela posição, na rua deserta, esperando a respiração acalmar e os batimentos voltarem a um nível suportável. Um olhando nos olhos do outro. Lorenzo tentando imaginar o que faria com aquele menino que estudava na sua escola, que Lorenzo reconhecia das peladas na hora do recreio e acabara de ver todo aquele espetáculo; João Paulo pensando em encontrar um jeito rápido de sair dali. As vacilantes joelhadas de João Paulo, que

Lorenzo recebia nas costas, não surtiam efeito, e antes que alguém notasse o que parecia ser mais uma das inúmeras brigas de colegiais que acontecem todo dia e chegasse gritando, "Meninos, deixem disso", um soco em seu olho foi o bastante para dar a cena por encerrada.

Quando acordou no dia seguinte, ele estava na cama de seu quarto, afundado em febre, as pernas e a cabeça latejando. Os pais pouparam seus ouvidos de mais um daqueles enormes discursos, o que o deixou aliviado. Tomou uma sopa de feijão assistindo a desenhos animados na tevê e dormiu outra vez, só acordando bem mais tarde, para tomar banho. Depois, só abriu os olhos na manhã seguinte, já bem melhor, mas ainda com dor e certo medo, que ninguém notava; um medo calmo, mas persistente.

Ficou um instante imóvel, contemplando o tempo, consciente de sua existência. Era sábado ou domingo. Não teria que ir à escola, pensou, mas já sabia que não escaparia do encontro com os pais, dessa vez sem a compreensível compaixão destinada aos enfermos.

Ouviu com resignação as palavras do pai e da mãe. Descobriu que fora encontrado pelo seu Ferreira, porteiro do prédio, que passava pela rua, com pressa para chegar ao trabalho. E eles, que já alertavam tanto sobre os perigos do mundo lá fora, agora tinham incorporado ao repertório a cartilha inteira, revisada e ampliada, sobre como aterrorizar o filho no quesito assaltos. Dessa vez, tinham roubado a bicicleta. E se ele não tivesse bicicleta? Roubariam o quê? Os trocados da mesada no bolso da calça? A carteirinha de estudante? Os tênis? O fato de serem de lona, vagabundos, não vinha ao caso. As roupas? A vida? Sim, a vida! Roubariam a vida! Mas antes o estuprariam — o seu filhinho, seu único filho — para depois largar o seu corpo nu apodrecendo em um terreno baldio, à espera que o cheiro revelasse o paradeiro e encerrasse as buscas.

Um mês sem visitar o Fouad, um mês sem ver tevê. Foi o saldo da aventura, o que no final das contas lhe pareceu bem razoável. Pelo menos não tinha apanhado.

Naquele mesmo sábado, João Paulo começou a revirar os jornais. E continuou por uma, duas semanas, até desistir de encontrar alguma notícia, uma nota, uma linha que fosse sobre Gilson e os três Lorenzos. Enrolou seus pais até quarta-feira, quatro dias após o incidente, com ataques de dor de cabeça e náuseas, até que na quinta-feira ficou impossível deixar de aparecer na escola. Nunca mais voltou a ver Lorenzo por lá. Nunca mais voltou a ver Gilson na calçada em frente ao bar do Giba.

# 2.

Ele empurra a porta de madeira e vidro que dá acesso ao café como se fosse da sua casa. O sino que pende da maçaneta chacoalha avisando que alguém chegou — e que João Paulo já pode começar a salivar. É um lance de sorte ter um lugar como aquele a poucos passos de onde mora. O Bule funcionava como sua segunda cozinha (na verdade, sua cozinha principal), servindo seu café da manhã e almoço quase todos os dias, só não constava na planta do seu apartamento por um lapso do arquiteto, como João Paulo gostava de dizer. Ele acena para o balconista com a mão espalmada, enquanto passa pelas mesas coloridas indo até a varandinha que se debruça sobre a rua arborizada. Lá ele encontra Boaventura em carne, osso e barba — mais osso do que carne e mais barba do que osso.

"Cerveja uma hora dessas?", cumprimenta João Paulo.

"Como assim, jovem? É meio-dia! De domingo!", diz Boaventura, levantando-se para cumprimentar o amigo que chega com cara de sono. "Foi boa a noite, hein?"

João Paulo puxa a cadeira e se senta, enquanto o garçom chega tirando o bloco de notas do avental branco e limpo.

"Boa tarde, Jotapê, o que vai ser hoje?"

"Suco de laranja, aquela torrada com ovos mexidos... E uma água."

"Com gás?"

"Gás, gelo e limão, por favor, Edu."

Edu anota os pedidos e sai. João Paulo ergue os braços, se espreguiçando, sem conseguir conter o sorriso que logo se transforma em riso. Ele sabe no que Boaventura está interessado.

"Finalizou, hein?"

"Isso lá é jeito de falar?"

"Comeu ou não comeu, Jotapê? O povo quer saber!"

"Não como ninguém. Faço amor."

"Ah, que grande escroto você é..."

João Paulo ri, limpa a lente dos óculos escuros na camiseta surrada e depois aperta fundo os olhos enquanto dá o último bocejo da tarde. Ele nunca foi de comentar sobre com quem transava ou deixava de transar. Não que fosse especialmente discreto ou pudico, mas no caso da Claudinha não tinha como ser de outra forma, visto que ela havia passado o churrasco do dia anterior mantendo uma distância nunca superior a meio metro, como se fosse sua sombra, mas com formas, cor e peso diferentes e longos cabelos castanhos. E ninguém havia visto os dois irem embora, o que só reforçava a crença generalizada de que tinham ido juntos. Além do mais, ele não tinha por que mentir para seu melhor amigo.

"Ela tem cara de que faz o serviço direito... Sabe quem deu um cata nela também? O Rodolfo, lembra? O idiota do Rodolfo comeu a Claudinha", diz Boaventura levando a garrafa de cerveja até a boca. "Aquele mesmo, o Rodolfo, aquele boboca! E ele disse que ela era demais". E mal o líquido desce pela garganta, ele continua, quase engasgando.

"Mas eu não preciso do Rodolfo nem de você pra saber que a Claudia sabe das coisas. Aquilo deve ser uma loucura. É só olhar o jeito de andar. Já te falei disso, hein? Repara como a mulher anda. Autoconfiante, mas sem arrogância... Trepa pra caralho, sem dúvida."

"A Claudinha é um amor."

"Que trepa pra caralho."

"Não sei por que essa obsessão pra saber se a gente transou ou não."

"Qual a graça da vida sem isso?"

"Que vidinha essa sua, hein?"

"Não vem com essa babaquice! Frescura... E aí? Desembucha logo. Rolou?"

"Sim, a Claudinha é ótima... Está satisfeito?"

"Você não tem vergonha de expor a intimidade de outra pessoa assim, sem mais nem menos, na mesa de um bar?"

Ele fala isso com uma cara séria, como um pai dando uma bronca no filho. Repetindo e renovando um chiste que João Paulo conhecia desde que eles se trombaram pela primeira vez na faculdade. A barba começando a ficar grisalha ajudava a compor o personagem indignado que sensibilizaria algum desavisado que não soubesse que atrás daquela máscara de pedra se escondia um grande gozador.

"Não sei como ainda aguento você, Bôa. Nem sei como você se aguenta."

"Olha, tenho que admitir que nem sempre é bom ser eu, mas esse é um sentimento raro, na verdade. Somando os prós e contras, eu mesmo não tenho do que reclamar. Aliás, muito pelo contrário: se um dia alguém — você, por exemplo — tiver a oportunidade de ser eu, recomendo vivamente."

A conversa segue pelo gasto caminho da falsa depreciação recíproca. Uma trilha inúmeras vezes percorrida e que ambos não se cansavam de alargar mesmo depois de mais de doze anos de xingamentos, mentiras, piadas escabrosas e tiradas juvenis jogadas na cara como tortas de uma comédia pastelão. Doze anos desde que se conheceram numa sala de faculdade. Pode parecer muito, mas para quem o tempo era apenas cronologia — um instante sucedendo outro sucedido por outro —, mas nunca causa e efeito — retratado nas rugas, nos cabelos brancos, nos filhos crescendo, na impotência sexual, na invalidez —, doze anos eram nada. Naquele comecinho da terceira década de existência, ainda resistia na cabeça dos dois amigos a sensação adolescente de que a vida duraria para sempre e que a morte era um acidente que só acontecia aos outros. Na verdade, era menos uma sensação e mais um dado biológico, como se a imortalidade fizesse parte da carga cromossômica e circulasse pelos vasos sanguíneos. Nem os primeiros fios brancos da barba de Boaventura os faziam pensar o contrário.

"E, afinal, como é que o senhor vai? Ontem a gente mal se falou...", quer saber Boaventura, antes de levantar a garrafinha verde de cerveja vazia para o balconista.

"Naquelas... Trabalhando quando tem trabalho. Aliás, tenho que entregar uma campanha pro Banco do Brasil na sexta que vem. Uma trolha do tamanho desse jarro aí." João Paulo inclina a cabeça para mostrar o vaso de cerâmica no canto da varanda hospedando um pé de cacto. "Vai doer... Tá doendo, inclusive. Já refiz quatro vezes, dá pra acreditar nisso? Quatro! Mas, sem problema. A agência paga bem, paga em dia, então tá tudo certo. E você?"

"Tô querendo viajar com a Duda em novembro, pra não sei onde. Índia, sei lá. Ela quer ir pro Vietnã, pra Tailândia.

Não tenho o menor saco de ir pra esses lugares... Mas, o que a gente pode fazer? Apenas obedecer, não é, camaradinha?", ele abre um sorriso recebendo a cumplicidade do amigo. "Pelo menos tem maconha na Tailândia, acho. Tem, não tem? Não tem como não ter, porra... Enfim, estamos tentando sincronizar nossas férias. Vamos ver se a gente consegue."

"Cês tão bem?"

A pergunta é meramente protocolar, apenas para manter as engrenagens da conversa lubrificadas. Os dois juntos, Boaventura e Duda, eram uma improbabilidade que, talvez por isso mesmo, para lembrar que a lógica falha mais do que se quer admitir, tenha dado tão certo: ele, diretor de arte, meio molambento, meio intelectual, meio irritante, piadista, preguiçoso, gentil com todos e um tanto avesso a superiores hierárquicos e autoridades em geral; ela, advogada tributarista, filha de mãe portuguesa católica e pai espanhol judeu, sócia de um grande escritório de Direito de São Paulo com filiais no Rio e em Brasília, que acorda quatro vezes por semana às seis da manhã para correr no parque e ainda faz pilates na hora do almoço. As únicas coisas que os uniam eram um sentimento de pertencimento que desafiava a compreensão de todos os que conheciam o casal, a maconha e a certeza de não querer ter filhos. A casa em que moravam só tinha dois quartos — um era e seria sempre para visitas. Se eles estavam bem?

"Ah, sim", responde o amigo, com uma displicência confirmadora.

Edu chega com as torradas, os ovos, o suco e a cerveja. Antes de sair, deixa um jornal em cima da mesa.

"E essa bagunça, hein?", pergunta Boaventura, inclinando a garrafa para apontar uma foto no jornal mostrando milhares de manifestantes em uma praça.

"Maravilha", responde João Paulo com a boca cheia, aproximando o rosto da imagem. "Deve ter quantas pessoas? Umas dez mil? Olha essa gata aqui no canto...", ele aponta com o dedo mindinho. "É gente pra caramba, hein? Esse pessoal tá fazendo barulho. E com razão, porque as passagens de ônibus..."

"Ah...", Boaventura suspira com enfado. "Tu nem anda de ônibus, caralho! Tu trabalha em casa, almoça na esquina... Quanto custa uma passagem? Vai, fala aí."

"Mas já andei muito. E não é porque agora já não ande de ônibus que eu não vou me sensibilizar com as demandas dos estratos mais populares e desassistidos da cidade", fala isso num tom empolado, emulando um político discursando em um palanque.

"Idiota."

Os dois pagam a conta. O tilintar do sino some atrás da porta enquanto eles se despedem na calçada sob o sol no começo da tarde.

"Vamos ver se a gente se encontra esta semana. A Duda tá com saudade."

"Ok. Minhas noites estão livres. Vamos combinar um jantar, uma cerveja, sei lá, uma coisa assim."

Os dois trocam abraços e tapinhas.

"Liga lá pra Claudinha, hein, Jotapê? Ela tá apaixonada, que eu sei."

"Sim, claro..."

"Melhor! Chama a Claudinha pra jantar com a gente, porra..."

"Não enche."

João Paulo toma o rumo de casa com a pressa dos desocupados. Ele tem o domingo e a ampla calçada só para ele; e segue arrastando as havaianas, observando as árvores frondosas com nomes que ele desconhece, olhando para as casas de vizinhos que ele não tem interesse de conhecer. A folhagem projeta formas no cimento que nada significam para ele. Quatro minutos depois ele está jogando as chaves de casa na caixinha de madeira na estante ao lado da porta. Tira a camisa, atravessa a sala até o banheiro, onde joga a peça no cesto de roupa suja. Os olhos refletidos no espelho acima da pia observam o cansaço estampado por uma noite sem descanso. Ele se lembra das longas horas anteriores. Claudinha no lado esquerdo da cama, no lado direito, embaixo dele, sobre ele, ele se deixando prender pelas pernas longas e ágeis, o cabelo dela na boca dele, ela de quatro, suando e respirando, silenciosa e mortal.

Ao voltar à sala, João Paulo abre as cortinas deixando a luz entrar na casa. Olha ao redor e lembra que precisa pintar as paredes e trocar vários tacos do piso. Apareceram umas estrias no teto, mas nada de infiltração, talvez tenha sido o calor, talvez a tinta seja vagabunda ou o trabalho tenha sido malfeito. Um banquinho de madeira, e ele já está a um palmo da pintura danificada. Há quanto tempo não repara na própria sala, na própria casa? Tem sido um pouco relapso com o apartamento, pensa. Ao descer do banco, o pé desloca um taco solto. Ele se agacha, joga de volta o pó fino e escuro que escapou do contrapiso e encaixa o tablete de madeira de volta no lugar.

Quando se mudou, três anos atrás, depois de se separar de um namoro-casamento de um ano de idas e vindas, o apartamento era uma pequena joia: quarto, sala, cozinha e banheiro de um lado e varanda do outro, separados por uma porta corrediça de vidro. Foram semanas de reforma antes que João Paulo trouxesse suas malas de roupa, seus livros e CDs. O imóvel era menos um troféu de consolação e mais uma vingança pessoal. A vingança, no caso, não era contra Rebeca, mas contra a vida. Ou ainda, contra os dois, ele e Rebeca, os dois que não souberam se ajeitar, os dois que brigavam por bobagem, os dois que se agrediam diariamente com ironias e tiradas ácidas, que competiam para saber quem era... Quem era o quê, mesmo? Um casal que nasceu para não dar certo e deixar questões sem respostas.

Aquele relacionamento tinha que ser emocionalmente indenizado de alguma maneira. E que melhor indenização do que um recomeço, um renascimento feito de paredes derrubadas, assoalho original de madeira da década de 1960, móveis coloridos caríssimos e pôsteres emoldurados de festivais de música pop e filmes cult? Agora, enquanto desliza a mão pela barriga, inexistente meses atrás, João Paulo se dá conta de que tem sido relapso com outras coisas também.

A tevê repete imagens da manifestação do dia anterior. Milhares de pessoas andando com faixas e cartazes, gritando palavras de ordem que João Paulo não consegue distinguir; gente de todas as idades, pessoas fantasiadas de super-heróis e personagens infantis. O cabo passa filmes que ele já viu e séries desinteressantes. Uma cena no Discovery Channel chama a atenção: uma garota atravessando um cardume de salesmas-listrados nas ilhas Galápagos, segundo informa o narrador do programa. O grupo de peixes abre um espaço perfeitamente concêntrico, como se fosse um movimento coreografado e ensaiado durante meses, formando um círculo que emoldura a mergulhadora no fundo infinito azul. Assim que ela atravessa o anel, os peixinhos voltam a se agrupar em um corpo esférico e homogêneo. "Como uns animaizinhos tão bobos conseguem fazer um movimento sincronizado tão preciso?", ele se pergunta. João Paulo aperta o controle remoto enquanto olha para o celular sobre a cama.

Ele poderia ligar para Rebeca. Sim, poderia. Faz tempo que não se falam. Mas iriam conversar sobre o quê? Sobre quem estava saindo com quem? Sobre por que não tinha dado certo? Outra vez sobre isso? Os dois já estavam de saco cheio desse assunto. Sobre a vontade de se ver e de se odiar ao mesmo tempo? Ele imagina jogar Rebeca no chão da sua casa, dar uns tapas na cara, esganá-la com as próprias mãos até que as veias do pescoço saltassem e a pulsação ficasse esparsa e frouxa, para depois beijá-la na boca, afastar os cabelos da sua testa suada e dar beijinhos pelo rosto, pelo pescoço, pelo peito, barriga, coxas. Ele, que nunca havia encostado a mão em ninguém. Ele, que sempre tinha sido um modelo de previsibilidade. Fica subitamente triste por pensar na ex-namorada apenas como uma equação mal resolvida e nada mais. Por fim, conclui que não faria sentido ligar e desiste da ideia enquanto os canais continuam se alternando na tela da tevê.

Desliga o aparelho e se senta diante do computador para visitar seu perfil nas redes sociais, ler portais de notícia e blogs sobre política e economia, conferir os melhores momentos da rodada de basquete e visitar sites americanos de clipes pornô de oito minutos. Oito minutos é mais do que o suficiente.

Naquela noite, sonhou com peixes dançando balé em perfeita sincronia.

# 3.

**Postado por LinaLinda, em 16/06/2013**

**Um grande abacaxi**

Ontem aconteceu a maior manifestação pela redução das passagens dos ônibus metropolitanos de São Paulo desde que o movimento se reuniu em frente ao Masp pela primeira vez duas semanas atrás. Se no primeiro dia eram cerca de trezentos jovens fechando uma faixa da Paulista, atrapalhando o trânsito como um pequeno cordão de Carnaval, ontem já eram mais de 10 mil andando pela avenida até a Consolação e, de lá, até a praça Roosevelt. Veículos não passavam em nenhum dos dois sentidos.

A passeata aconteceu sob os olhos da Polícia Militar, presente com um efetivo bastante modesto para o tamanho da aglomeração, mas tudo transcorreu tranquilamente, sem nenhum incidente grave, de acordo com a nota da PM – excetuando algumas lixeiras e um orelhão danificados. Além do prejuízo material, os organizadores da manifestação, do Movimento Iri-vir, também não informaram nenhum incidente envolvendo manifestantes ou policiais.

Conversei com vários membros do Movimento Irivir e todos me pareceram bem confiantes em relação ao objetivo de impedir o reajuste de R$ 0,20 nas tarifas dos ônibus. O prefeito, o secretário de Transportes e as empresas concessionárias se reuniram no mesmo horário da passeata, mas ainda não se sabe que fato novo irá surgir desse encontro. O Irivir já marcou outra manifestação, dessa vez na terça-feira, também na Paulista. Se ontem, sábado, o trânsito ficou bem complicado, preparemo-nos para o caos na terça.

Algo me diz que a Prefeitura tem um abacaxi do tamanho do obelisco do Ibirapuera para descascar. Vai faltar faca.

**25 visualizações – 7 comentários**

**Comentário 3 – Rejane Catraca**

Esse reajuste é uma puta de uma palhaçada. Muito mais que a inflação. Esses filhos da puta só sabem meter a mão no bolso do povo. Na terça, vamos fechar a Paulista! São Paulo vai parar! #reajustenao #irivir

Alta noite, Carolina desce do ônibus na Rebouças, no ponto próximo à rua onde mora, e atravessa na faixa de pedestres sem olhar para os lados. O cloc-cloc-cloc sobre o asfalto chama atenção para o vulto apressado que passa alheio ao que acontece ao redor. Quem a vê caminhando com aquelas passadas rápidas e decididas não imagina que embaixo dos cabelos encaracolados seus pensamentos vão se perdendo em caminhos sem saída.

"Carolina, o que está acontecendo?", uma voz de trinta anos atrás ecoa em sua cabeça.

"Nada, professora."

"Por que você não está rezando junto com os seus colegas?"

As cabeças de vinte crianças se voltam para ela, curiosas. Carolina dá de ombros. Não sabe o porquê. Ou sabe e não quer dizer, ou sabe, mas não sabe como dizer.

"Não sei, professora..."

A freira aperta os cantos internos dos olhos ao mesmo tempo que dá o suspiro dos cansados e então se levanta. Contorna a imensa mesa de madeira em frente ao quadro negro, e para na beira do batente enquanto as crianças sussurram. Um olhar severo para o outro lado da sala, de onde vêm os murmúrios, estabelece o silêncio, só quebrado pelo cantarolar dos pássaros lá fora, sobre os quais a freira não tem a menor ascendência. Carolina baixa a cabeça. Sabia que havia feito o que não devia, o que não se esperava de uma aluna tão responsável e educada como ela. A freira tamborila os dedos sobre o tampo de madeira, pensa por um instante e dá meia-volta para se acomodar de novo à escrivaninha.

"Abram o livro na página 26!"

Quarenta minutos mais tarde, Carolina está sentada na cadeira em frente à mesa da diretora da escola, madre Judith. Atrás da religiosa, no alto da parede, um enorme Cristo crucificado de madeira escura e pesada não deixava dúvidas sobre quem está em vantagem.

"Carolina, minha querida, posso saber o que aconteceu? Madre Rita disse que você não quis rezar esta manhã. E ela não foi a única nessa semana. A professora Pires, de matemática, e a madre Conceição também comentaram sobre seu comportamento. É verdade?"

"Sim."

"Por que você não quis rezar? Rezar é tão bom, deixa a gente calma, enche a gente de paz, nos deixa pertinho de Deus, não é verdade?"

"Não sei."

"Não sabe o quê?"

"Não sei por que eu não rezei..."

"Mas deve haver algum motivo, não é?", diz a madre com paciência.

"Eu não sei."

Madre Judith a olha com uma ternura protocolar.

"Então está bem. Vou mandar em sua agenda um recado para os seus pais e quero que eles leiam."

Até então Carolina nunca havia sido chamada à diretoria. Mas 48 horas após o incidente lá estava ela novamente, dessa vez ladeada pelos pais – ela havia trazido reforços.

"A família é a célula mater da sociedade. Mater em português significa mãe, não é verdade?", pergunta madre Judith. "Sim, logo, a família é quem nutre a sociedade", ela mesmo respondeu. A família oferece seu seio à sociedade, é o esteio, o alicerce da nossa sociedade. E quem une a família? Quem? Jesus Cristo, o Espírito Santo e Deus Nosso Senhor. A família vive em Cristo, a família nasce e morre em Cristo. Mas não morre, não morre, não! Vocês sabem: a família apenas desencarna e vive eternamente em Cristo, não é verdade?", tornou a perguntar madre Judith. Era uma pergunta retórica, pois ela continuou sem esperar resposta. "Rezar é o momento de maior intimidade com Deus, com Seu filho Jesus Cristo, com Maria Mãe de Deus. Rezar é cuidar da família, entendeu, Carolina? Rezar é proteger a família", falou se dirigindo à criança. "Proteger a família de todo o mal, de todas as tentações que estão sempre rondando quem a gente ama, quem a gente quer bem, não é verdade?"

"Mas eu não gosto..."

"Não gosta de rezar?"

"Não gosto dele."

Carolina aponta para o Cristo que pendia na parede. Madre Judith vira-se e contempla seu Cristo, que agora tinha mais uma chaga aberta, dessa vez pela criança. Um silêncio de apagar o mundo além das paredes toma conta do ambiente. A religiosa volta-se de olhos arregalados e respiração suspensa para os pais e pede para a garota se retirar e ficar esperando nos bancos no corredor. Dez minutos depois, os pais deixam o escritório de madre Judith e levam a menina pela mão.

Carolina permaneceu na escola por mais cinco anos, sem jamais ter voltado a rezar. Hoje, com quase 37 anos de idade, toda essa firmeza de propósito parecia um parágrafo de páginas amareladas na biografia de outra pessoa.

Ela chega ao Bar do Alemão, na esquina de casa, e se senta em uma mesinha na calçada, mesinha vagabunda, com logomarca de cerveja no tampo de ferro.

"Uma cerveja, um Marlboro Light e um calço pra mesa. Ó, bamba, bamba."

"Original? Bohemia? Serramalte?"

"A mais gelada."

Pendura a bolsa no encosto da cadeira e fica ali, vendo o tempo passar. Olha para um canto fixo da calçada, mas as imagens que enxerga vêm da sua própria cabeça. Ela discutindo com Bernardo, ela em pé, andando para lá e para cá, as mãos cortando o ar dentro do aquário de vidro, como um nadador sendo tragado pela correnteza. Encara o rosto imóvel do chefe e seu jeito sério e tranquilo de ouvir qualquer coisa como se fosse um atendente de telemarketing.

Vê Bernardo sentado na cadeira atrás da grande escrivaninha, com o corpo relaxado no encosto. Quantas vezes essa mesma cena teria se repetido nas últimas semanas? O foco volta-se abruptamente para a calçada, para o risco transversal que dividia o piso de lajotas do pavimento de cimento esburacado.

"O problema não é a mesa. O problema é o chão!"

Chegam o cigarro, a cerveja e a bolacha de chope dobrada ao meio para servir de calço. Ela se serve no copo americano, segurando a garrafa pelo gargalo para não congelar o líquido. Pega o isqueiro e acende o quinto cigarro do dia, o que considera uma vitória, ainda mais em vista do que está acontecendo. E fica alternando uma tragada e um gole, deixando que a fumaça e o líquido se divirtam em sua boca e em sua cabeça. É quando uma mão pousa em seu ombro e desliza até alçar seu pescoço.

"E aí, tudo bem?"

"Naquelas, né?"

Luana se deixa pender sobre o ombro esquerdo de Carolina e beija o sorriso melancólico da namorada quase de cabeça para baixo. Ela sabe que as coisas não estão fáceis. Senta-se ao lado e pede mais um copo ao garçom.

"E aí?"

"É, tá foda..."

"Você já jantou? Vamos pra casa que eu faço aquele macarrão que você gosta, a gente abre uma garrafa de vinho, fala umas bobagens, põe um sonzinho — esse disco novo do Beck tá espetacular —, e, se você estiver a fim, quem sabe? A gente pode até transar, olha só! O que você acha?"

Carolina sorri, agora com vontade.

"Tem que transar, é? Sério?"

Terminam a cerveja, pagam a conta e saem andando pela calçada. As duas de mãos dadas, dedos entrelaçados. Carolina já não tem mais pressa, agora está em casa.

"E o seu dia?"

"O de sempre: vaginas. Uma sequência interminável delas."

"Ah, que maravilha... Você adora, não é?"

"É o que eu faço para ganhar dinheiro, gata."

"White pussy, black pussy, hot pussy, cold pussy, wet pussy...", falou Carolina, com uma voz rasgada de sotaque mexicano como no longa-metragem de terror B dos anos noventa.

Elas gargalham.

"De que filme é isso mesmo?"

"Daquele lá, com vampiros. Os caras param no bar e todos se transformam em..."

"Vampiros Sugadores de Vagina?"

"Não, boba!"

Elas se abraçam dentro do elevador, uma descansando o peso do corpo na outra, como se os peitos, a barriga e os ombros alheios fossem uma cama vertical. E assim ficam, em silêncio, até o décimo oitavo andar.

Bolhas do tamanho de uma cabeça de alfinete se desprendem do fundo e da lateral da panela cheia de água enquanto as mãos de Luana fazem a lâmina da faca deslizar pelo dente de alho. As bolotas de mussarela de búfala já estão estraçalhadas e encharcadas de azeite na vasilha ao lado. Ela não só gosta de panelas, temperos, fogo e facas como adora ficar na cozinha mesmo sem fazer nada — às vezes aparece só para fumar um cigarro e ficar ouvindo o ruído do refrigerador, ficar olhando para os eletrodomésticos, como o enorme micro-ondas que Carolina insistiu em comprar e que nunca é usado, nem para fazer pipoca. Esse micro-ondas é o maior e mais caro relógio de parede que existe, Luana sempre brinca, apontando para o display que mostra as horas. É caro porque vem com essa portinha aqui, ó, que dá para guardar pão seco, responde Carolina.

O cheiro do alho no azeite toma conta do ar no mesmo instante em que Carolina liga o CD player.

"Põe o do Beck, Lina!"

"Amanhã, amanhã eu coloco. Deixa eu pôr esse aqui... My Funny Valentine."

"Tá me chamando de engraçada, é? Engraçada ridícula ou engraçada interessante?"

"Engraçada gostosa."

De roupão branco e com o cabelo molhado, Carolina abraça Luana por trás, nariz no pescoço, quadril no quadril, mãos frescas nos seios redondos. Luana se sacoleja como um cachorro depois de um banho e afasta as mãos de Carolina enquanto joga os tomates-cerejas cortados na frigideira.

"Exijo respeito com a chef!"

Carolina pega o vinho de ontem na geladeira e serve duas taças.

"Adoro ver você cozinhar... Adoro esse macarrão."

"Eu sei. É por isso que eu estou fazendo. Estou sendo carinhosa com você, minha Lina. Gosto de ser carinhosa com você."

"Olha o cheiro..."

"Não sei como você gosta tanto desse prato. Ele é tão simples."

"Talvez seja por isso."

As duas se sentam na pequena mesa no meio da cozinha e comem até os queixos se lambuzarem de azeite.

"Eu tenho sido um porre esses dias, nao é? Esses meses, quer dizer..."

"Porra! Pra caralho!", Luana responde, já sorrindo.

"Vai se foder, sua escrota!"

As duas riem.

"Não, sério. Sério, agora. Nem eu me aguento. Às vezes só queria deixar de ser assim, nem que fosse por um dia, um diazinho só. Eu tenho sido um saco, mesmo."

"Sabe como é o nome disso? Vida. Essas coisas acontecem, gata. O importante é que você esteja confortável na hora de tomar uma decisão, qualquer que seja ela. Só não pense muito, porque pensar muito torna as coisas maiores do que elas são."

"Não é fácil."

"Você não é a primeira que está passando por problemas no trabalho, acredite. O mundo inteiro passa por problemas no trabalho com o chefe filho da puta, com os colegas idiotas. É assim. Não tem nenhum problema nisso. Não acontece só com você, Lina."

"Eu sei disso."

"E se você decidir largar o emprego, não tem problema nenhum. Tudo certo. O mundo é cheio de vaginas, muitas vaginas, de todos os formatos, cheiros e tamanhos — e são todas malcuidadas, precisam de manutenção e pessoas especializadas no assunto. Eu posso bancar a gente numa boa, você sabe disso."

"Eu sei, eu sei."

"Então, relaxa." Luana fala de um jeito compreensivo. "Não é moleza, mas..."

"Tá bom, tá bom. Acabou, acabou!"

"Não acabou. Mas vai acabar. E enquanto não acabar vou continuar fazendo o seu macarrão."

Carolina se levanta e aperta a cabeça da Luana contra sua barriga. Recolhe pratos e talheres e os leva para a pia junto com as taças de vinho. Já não há mais música. As luzes da sala e da cozinha se apagam e as duas se misturam na escuridão do apartamento.

**Comentário 8 – Augusto Nolasco**

Eu acho que é salutar o protesto de todas as classe sociais, de todos os segmentos profissionais, Lina. Isso é democrático. Graças a Deus não ando já há algum tempo de ônibus, tenho meu carro, mas já andei muito na adolescência e também estou de acordo com a redução do preço das tarifas. Mas uma coisa que não posso concordar é com o fechamento de ruas e de avenidas para qualquer tipo de protesto. Isso é privatizar o espaço público. É cercear o direito de ir e vir. Olha a ironia: o movimento se chama Irivir, uma clara alusão ao "ir e vir", e se utiliza de instrumentos que impedem a livre circulação de pessoas e automóveis! Um absurdo sob todos os aspectos, Lina. Deve haver alguma maneira de protestar sem atrapalhar milhares, quem sabe milhões, de pessoas de transitar pela cidade. A cidade é de todos.

**Comentário 10 – Edson75**

LinaLinda, você tá por dentro do resultado da reunião entre a prefeitura e o pessoal das empresas de transporte público? Parece que miou, hein? Os caras lá não chegaram a acordo nenhum. Vão deixar a tarifa do jeito que está! É isso mesmo? Já saiu alguma nota oficial? #irivir #passelivre #VamoFecharAPaulista

**Comentário 11 – Mata Playboy**

Bando de playboyzinho de merda! Tudo universitário bancado pelos pais, bando de maconheiros. Porque o trabalhador mesmo tá pegando ônibus e indo trabalhar. E quando voltam do trabalho às seis da tarde dão de cara com o trânsito todo zoado, todo arregaçado! Esses filhinhos de papai que fazem humanas enchem o saco, marxistas de merda. Pergunta se o pessoal de engenharia faz essas merdas! Vão fechar o trânsito de Cuba, seus chupa-cu do Fidel! Se bem que lá nem tem carro! Só aqueles calhambeques do caralho! Kkkkkkkkkk. Nem tem asfalto aquela bosta!

**Comentário 12 – Violeta Lourenço**

Hoje passei pela Paulista. Aquilo tava um horror: vidraças quebradas, lixeiras arrancadas dos postes. São uns bárbaros, isso sim, esses manifestantes. E você ainda fica passando a mão na cabecinha desses marginais, LinaLinda! Se quiserem protestar, protestem, mas quebrar a cidade é inadmissível. O que falta ao país, além de todo o resto, é educação e civilidade.

# 4.

Os vizinhos já tinham acordado há tempos, os trabalhadores já haviam enchido e esvaziado os ônibus, os trens e as estações de metrô, quando ele se levantou da cama depois de mais de uma hora de enrolação. O livro do Zola na mesinha de cabeceira embaixo do celular cheio de mensagens que ele estava com preguiça de ler. Entrou no chuveiro, lavou-se com a costumeira eficiência, pôs a calça, a camiseta e as chinelas e saiu para tomar café. Essa era a rotina matinal de João Paulo, com uma certa variação no tempo destinado à procrastinação. As havaianas, ele descobriu, não eram a melhor opção para atravessar as ruas e calçadas com poças de água da chuva da noite anterior. Tinha chovido? Ele nem tinha notado.

O pequeno sino na porta do Bule tilinta quando ele passa. E logo os pulmões de João Paulo são inflados pelo cheiro do café fresco.

"Fala aí, Edu!"

"Opa! Bom dia, Jotapê!"

"O de sempre, hein?"

"Com café ou sem café?"

"Com café."

Ele se senta à mesa perto da janela, saca o celular do bolso e lê as mensagens que havia ignorado. A campanha do Banco do Brasil tem que ser feita o quanto antes, embora a data de entrega não tenha sido antecipada, o que lembra a ele por que deixou de trabalhar em agência para se concentrar em projetos avulsos; sua mãe ligou duas vezes; Boventura mandou um cartum que havia saído no jornal; Claudinha deixou um beijo; o atendimento da agência falando que a entrega da campanha do Banco do Brasil havia sido adiada, mas pedindo para manter o prazo original e desconsiderar a mensagem anterior — que bando de enlouquecidos.

João Paulo levanta a cabeça e observa o zum-zum das pessoas enquanto seu café não chega. Um senhor gordo com bigode tingido se dirige ao caixa; duas garotas magrinhas e altas com jeito de universitárias atravessam em direção à varanda trocando palavras e sorrisinhos como se falassem de algum namorado da faculdade, um rapaz de sandália de couro e meia branca deixa um cachorro latindo do lado de fora; outro rapaz come um hambúrguer com coca-cola no balcão. As pessoas que desfilam agora no Bule, João Paulo se dá conta, são diferentes das que passaram por aqui no dia anterior, embora todo dia se pareça com o seguinte que se parece com o próximo que se parece com o dia que virá. Existe na rotina uma beleza que nunca lembramos de admirar. Isso é o que conclui João Paulo no momento em que uma garota com roupa de academia se acomoda à mesa logo à sua frente. O cabelo castanho preso no alto deixa a nuca à mostra e uma pequena tatuagem chama a atenção. Uma suástica.

"O que é isso?", João Paulo murmura para si mesmo, incrédulo. Amiúda os olhos franzindo a testa, arregala-os e volta a comprimi-los, numa tentativa de confirmar se o que ele via estava ali mesmo ou era apenas um delírio. O publicitário olha para os lados em busca de alguma pessoa, alguma alma que não o deixe isolado nesse momento e compartilhe o mesmo sentimento de perplexidade de que ele padece. Mas, não. Ninguém mais havia reparado. Talvez, anima-se, tudo não passe de uma ilusão, ele não havia dormido tão bem, está cansado, e no momento em que tornar a virar o rosto e apontar os olhos para a garota já não haja mais suástica e sim um coração varado por uma flecha, um caracol, uma flor desabrochando, um trevo de quatro folhas ou um ideograma chinês. Bobagem. A hélice nazista continua lá quando torna a pôr os olhos sobre seu pescoço.

As torradas com queijo branco chegam junto com o suco de laranja.

"O café eu já trago."

É uma bonita nuca, e os cabelos rebelados que se soltam do coque dão à mulher um ar despreocupado. Através da trama desgastada da camiseta que ela veste, João Paulo nota que a tatuagem continua pelas costas abaixo. A camiseta branca suada revela apenas o suficiente para tornar a curiosidade insuportável. Somente a suástica aparece acima da gola.

Uma moça alta, esbelta, vinte e poucos anos, difícil de ser ignorada. Não é possível que só ele tenha atentado para as coxas, a bunda, as costas, o cabelo e a tatuagem na nuca. Ou será que se deram conta disso tudo, o gordo de bigode tingido, o rapaz de chinela de couro e meias brancas, o outro do hambúrguer e da coca-cola, e simplesmente relevaram, que, afinal, isso é coisa das pessoas, dos dias de hoje e cada um tatua na nuca ou em qualquer parte do corpo o que quer que seja e ninguém tem nada a ver com isso? Será que ele estava exagerando em seu assombro?

"Um café para o senhor e... um café para a senhorita."

O garçom serve os dois quase ao mesmo tempo, como se estivessem sentados à mesma mesa, como se fossem amigos. A garota emite um leve "obrigada" que mal chega aos ouvidos de João Paulo. Uma bicada no café quente. João Paulo aguarda um momento para que esfrie. Ele só sairá daquela mesa quando a garota da suástica se levantar. Sim, estava decidido. Quer ver seu rosto. E pensa que talvez a identidade da garota, quando revelada, atormente seu sono em pesadelos daquele dia em diante.

Lembra da entrevista de um escritor inglês que leu numa dessas recepções de agência de propaganda. Nela, o entrevistado defendia a tese de que nós que vivemos em sociedade não temos o direito de não sermos chocados. E aqui está ele, em choque. Lembra em seguida de ovelhas clonadas, dos testes clandestinos de novas drogas em populações africanas, de Usain Bolt, de Sabra & Shatila, de Ruanda, de homens participando de concursos para ver quem come mais salsichas, da crise global de 2008, e volta à tatuagem da garota. Viver é abrir mão do desejo de não se chocar, pensa ao bebericar com cuidado o seu café.

Segundos depois, a garota da suástica abre a bolsa, tira a carteira e deixa umas moedas na mesa. Ato contínuo, ela desfaz o coque e se levanta, passando por João Paulo com o cabelo encobrindo o rosto. O sino da porta tilinta um adeus.

Ainda perplexo, João Paulo varre o ambiente com os olhos. Edu atendendo a mesa lá no fundo, o café espresso sendo tirado na máquina italiana, um funcionário varrendo o assoalho, o rapaz de meia branca, clientes tomando o café de sempre. E João Paulo é assolado pela ideia de que só ele e a moça da tatuagem existem e todo o resto do Bule, os clientes,

Edu, os outros garçons, todos são uma nuvem de ilusão que irá se dissolver no momento em que ele passar pela porta.

O som do computador sendo ligado inunda o ambiente enquanto ele se ajeita na cadeira e atira a camisa no sofá. Está um calor dos diabos, a moça da suástica não irá pagar suas contas e ele tem muito o que fazer, lembra João Paulo.

As próximas horas são consumidas escrevendo e reescrevendo roteiros de comerciais de trinta segundos, comerciais que nunca serão filmados, de campanhas que nunca irão ao ar, para pessoas que nunca depositarão um tostão no Banco do Brasil. Em meio a ideias ridículas, outras interessantes, outras ainda impossíveis de serem produzidas, ele se vê como uma espécie de Charles Chaplin apertando parafusos em uma grande linha de produção. Cada tecla, um parafuso. Só não para de trabalhar porque *dry martini* não é de graça, costuma dizer. É uma ótima frase. Frank Sinatra poderia tê-la dito, deveria tê-la dito. Quem sabe tenha dito; e logo manda Frank Sinatra se foder, que agora a tirada pertencia a ele. Uma frase que merecia ser repetida em mesas de bar, primeiros encontros, postagens em redes sociais, porque é para isso que uma grande frase serve. Batuca em seu computador até o final da tarde sem sentir prazer. Cada tecla, um parafuso.

Os últimos raios de sol invadem seu apartamento iluminando a cama, o sofá, os livros, as paredes com a pintura rachada. A tranquilidade só é interrompida pelo aviso de que havia uma nova mensagem no celular. Era Letícia.

Jantar hoje?

Tô morto, trabalhei o dia todo. Amanhã?

OK, amanhã. Falamos.

Falamos, sim. Bj.

Beijão, lindão.

Ele olha as horas no computador. Sete. Levanta os braços para se espreguiçar; de pé estica as pernas, se curva para trás até sentir um clique na coluna vertebral. Alongar o corpo por trinta, quarenta segundos é o único exercício que pratica. Liga a tevê a tempo de testemunhar a escalada que dá início ao telejornal: últimos preparativos para entregar os estádios para a Copa do Mundo; cientistas criam método para diagnosticar câncer de próstata em exames de sangue; Estados Unidos e Canadá condenam protecionismo brasileiro na OMC; após oito horas reunidas, prefeitura e empresas concessionárias de ônibus de São Paulo confirmam o aumento das tarifas.

**Comentário 15 – Jotapê**

Manifestantes têm todo o direito de se manifestar. Vidraça quebrada é do jogo. Não dá pra controlar dez mil pessoas, dez mil anônimos numa passeata. E sinto dizer, isso não é coisa de brasileiro, não. Os levantes da Califórnia e em Seattle nos anos 1990 e as quebradeiras em Paris em 2006 são exemplos óbvios. Controlem-se, por favor. Mudando de assunto: acabei de saber que não deram em nada as negociações entre Prefeitura e empresários. Isso quer dizer que amanhã o barulho nas ruas vai ser bem maior. Vamos ver onde isso vai dar.

**Comentário 16 – Mata Playboy**

Adoro esse blog. Só tem vermelhinho baderneiro.

Huehuehuehueuh. Trabalhar que é bom ninguém quer. A começar pela autora, LinaLinda, que aliás de linda não deve ter nada, deve ser uma puta de uma baranga daquelas que ficam nuas na frente das lojas de moda feminina, com os peitos arrastando no chão, segurando cartaz protestando contra a sociedade machista. Vão arrumar uma piroca pra comer vocês! Huehuehuehuehue!

**Comentário 17 – LinaLinda**
Amigos, comentários como este acima não serão tolerados. Palavrões e agressões gratuitas não serão admitidos em hipótese alguma. Não queria fazer isso, mas terei que filtrar todos os comentários daqui por diante. Não estranhem se seus posts demorarem algum tempo para ser aprovados. Grata, LinaLinda.

O celular toca.

"Fala, seu puto!"

"Diz aí! Como vai?"

"Tá chapado, mermão? Que voz é essa?"

"Preguiça."

"Então aproveita que não tá fazendo nada e vem aqui no Scud!"

"Preguiça..."

"Hoje é segunda, porra! Ninguém fica cansado na segunda-feira!"

"Não é cansaço, é preguiça."

"Ai, ai, ai... Veste aí um negócio e cola aqui."

"Bôa, eu acabei de cancelar um amor gostoso com a tesuda da Letícia. O que me faria sair de casa e ir até a porra do Scud agora? Diz aí."

"Cerveja."

"Pfff... Imagina!"

João Paulo chega ao Scud meia hora depois e sobe o batente que separa o bar da calçada. Quando os portões de ferro são levantados, o local fica completamente aberto, não se distinguindo entrada de saída. Naquele momento, o bar está quase vazio. João Paulo se dirige ao fundo do estabelecimento, perto do balcão de madeira onde se encontra o amigo.

"O pessoal não está te pagando, não?", Boaventura aponta com o queixo para as havaianas nos pés e a calça rasgada de João Paulo.

"O que você qualifica de molambo o mundo reverencia como estilo."

Os dois trocam beijos no rosto.

"Cadê a Duda?", João Paulo arrasta a cadeira fazendo um barulho metálico que chama a atenção dos poucos clientes no local.

"Tá terminando umas coisas no escritório, mas daqui a pouco pinga na área. Coitada... Tão esfolando ela."

Boaventura sinaliza outra cerveja e um copo para o garçom.

"E a Claudinha?"

"Que é que tem?"

"Eu que pergunto."

"A Claudinha deve estar bem, acho."

"Não sei por que vocês não ficam juntos."

João Paulo revira os olhos impaciente. "E na agência, como vai?"

"Naquela de sempre: se veicularem tudo o que eu fiz nesses três últimos meses, Jotapê, daria para sustentar uma agência grande por uns três anos! Só não denuncio isso aos órgãos competentes porque acabaríamos com toda a rentável máquina que gera milhões e milhões de reais jogando milhões e milhões de reais no lixo."

"'Bom não é o suficiente!' É o que eles dizem. 'Bom é inimigo do ótimo!'"

"Foda-se."

A cerveja e o copo chegam junto com Duda.

"Me vê outro copo, por favor, lindo", Duda pede ao garçom e logo se joga nos braços de João Paulo. "Seu ordinário! Saudade de você!"

"Esse lance de ficar milionária ainda vai acabar com esse fogo luso-espanhol! Bôa, seu imprestável", João Paulo gira o tronco como em um movimento de dança levando Duda junto, para falar com o amigo. "Já tava na hora de você cuidar de colocar dinheiro na casa sozinho e deixar sua mulher em paz."

"É o que eu sempre falo pra ele..."

"Mais fácil ela ficar trabalhando, cuidando do departamento financeiro, e eu em casa. O que na verdade seria o correto, porque um espécime masculino como eu merece todas as regalias que o dinheiro e a devoção feminina podem proporcionar."

A noite esfria lá fora, e logo o Scud está cheio de engravatados, estudantes universitários, escritores e desocupados em busca de álcool, música e calor. Os risos e pedaços de conversas se misturam ao bate-papo ruidoso dos três amigos. Mal se ouve o que sai das caixas de som.

"Vocês nem tem ideia do que me aconteceu hoje", fala João Paulo. "Nem sonham..."

"Pra uma pessoa que passa o dia enfurnado em casa como você, essa animação toda só pode ser por causa de uma visita de um funcionário da Sabesp."

"Deixa ele terminar, Bôa!"

"O lance é o seguinte", João Paulo se ajeita na cadeira. "Estava tomando café da manhã no Bule quando uma garota se senta na mesa logo na minha frente..."

"Tem sempre uma gostosa..."

"Bôa!", Duda se irrita dando um safanão na cabeça do namorado.

"Sim, ela era gostosa, mas não é sobre isso que eu quero falar. Pois bem, a garota se senta na minha frente, de costas, com os cabelos amarrados aqui em cima, deixando a nuca livre. E o que tinha na nuca? Sabe o que tinha na nuca? Vocês nem imaginam o que tinha ali... Uma tatuagem. Uma suástica tatuada na nuca."

"Cê tá brincando...", fala Duda, pousando o copo de cerveja na mesa.

"Uma suástica. Bonita, bem-feita pra caramba, do tamanho de uma moeda de um real. Um pouco maior na verdade, assim, ó, do tamanho de um jogador de time de botão."

"Mas ela prendeu o cabelo ao sentar ou já veio com o cabelo preso?", pergunta Boaventura.

"E que diferença isso faz?"

"Bôa, deixa ele falar, por favor!"

"Ela já veio com o cabelo preso. Tava vindo da academia, toda suada, roupa de lycra, essas coisas. Um dia comum. Era um dia normal na vida de uma... nazista."

"E você?"

"Eu? Fiquei lá esperando vir o café da manhã e olhando para os lados tentando encontrar alguém tão embasbacado quanto eu. Mas as pessoas nem notaram", João Paulo se recosta na cadeira. "Era como se fosse uma tatuagem de um dragãozinho, de uma lua ou de uma flor... Ou se notaram não se importaram. Que loucura."

"Eu estou chocada. Sério."

"Ainda bem, pensei que eu estava fazendo drama."

"Eu diria que todo drama que se faça diante de uma suástica é pouco!", concordou Boaventura, para logo depois emendar: "Quer dizer, tem uma coisa também: suásticas são uma forma geométrica comum, ordinária, tem em várias culturas, como uma estrela, um losango. Tem suásticas incas, nórdicas, egípcias, tem suástica no sentido horário, no sentido anti-horário... Talvez fosse uma dessas".

"Era uma suástica do Terceiro Reich, eu vi. Daquelas que a gente vê nos filmes, naquelas bandeiras vermelhas. Hitler, Goebbels, Himmler... E ela estava a, sei lá, uns dois quilômetros de Higienópolis? Nem isso! As velhinhas judias de cabelo azul teriam um troço se vissem uma coisa dessas por lá."

"Ninguém tatua um símbolo desses a troco de nada."

"Ah, sim, Duda! A tatuagem não estava lá só porque era bonita", concorda João Paulo.

"Claro que ela queria dizer alguma coisa. É uma suástica! Não quero nem saber se era com pontas invertidas pra baixo ou pra cima, inca ou nórdica!", Duda fala, nervosa, enfiando a mão na bolsa atrás de um cigarro e um isqueiro.

"Olha, eu já vi discussão terminar em nazismo, a famosa Lei de Godwin, mas começar... Tá puxada a semana, hein? E hoje ainda é segunda-feira!" Boaventura tira o isqueiro do bolso e entrega para Duda, que passa a gesticular com ele numa mão e o cigarro na outra.

"Que mundo estranho... Que tempo estranho..."

"É...", fala João Paulo. "Que tempo louco."

João Paulo serve os copos de cerveja, esvaziando a garrafa, e Bôa pede mais uma para o garçom. Duda permanece com o cigarro e o isqueiro nas mãos, encarando o infinito e balançando como um pêndulo de relógio a perna esquerda que cai sobre a direita. A perplexidade que se abate sobre os três transporta a mesa para um lugar distante, longe do murmúrio quente do bar, por alguns segundos.

"E os caras que decidiram manter o aumento das passagens de ônibus?", questiona João Paulo trazendo o trio de volta para o mundo dos vivos.

"Esses aí são uns babacas", respondeu Duda tempos depois, como se estivesse demorando um pouco mais para voltar do ostracismo a que se havia condenado. "Parece que não se impressionaram com aquele tanto de gente na rua, não é?"

"Dez mil pessoas?"

"Por aí", respondeu João Paulo. "E amanhã tem outra manifestação, à tarde, na frente do Masp. Aí, sim, meus amiguinhos! Vai dar umas vinte, trinta mil pessoas. Pode anotar."

A cerveja chega. João Paulo serve os três copos que são levados imediatamente à boca, o que proporciona uma oportunidade para ninguém falar nada por um momento.

"Uma suástica... Ela levou uma suástica para passear na academia, no café. Que porra de mundo é esse em que a gente vive?", pensou alto Duda.

"Não é o mundo que a gente vive que é assim, o mundo sempre foi assim, mas agora...", João Paulo não completa a frase.

"Agora o quê?", pergunta Bôa.

"Acho que agora essas pessoas não se sentem mais sozinhas, não sentem mais vergonha de ser diferentes..."

"Diferente? 'Diferente' nesse caso quer dizer 'escroto', né?", interrompeu Duda, chacoalhando o cigarro e o isqueiro.

"Sim, escroto. Mas entre os escrotos, como essa garota, eles não se acham escrotos. Eles apenas se acham diferentes, diferentes do resto do mundo. A internet, as redes, tudo isso aproximou esses alucinados. Eram apenas náufragos solitários, boiando em destroços num oceano, mas aí um dia descobriram que havia outros náufragos iguais a eles, milhares de náufragos. Sozinhos, sem esperança... E agora eles têm uma ilhazinha particular, habitada por vários escrotos diferentes. E o que é mais preocupante: não se acham apenas diferentes, se acham superiores. Vocês não têm ideia! Eles realmente creem que o mundo está perdido e que eles fazem parte da salvação."

"Bem, o mundo está perdido mesmo, não é?", Duda pergunta ao acender o cigarro.

"Vamos lá fora fumar."

Boaventura e Duda se levantam.

"Vão lá. Eu fico aqui", João Paulo se espreguiça esticando as pernas sob a mesa. "Não vou deixar nenhum escroto invadir nossa ilhazinha."

# 5.

Anos atrás, mas nem tantos anos assim, o prédio fervilhava com gente entrando e saindo, gente importante, gente que queria ser importante, funcionários de serviços gerais, pessoal da limpeza, políticos, empresários e estudantes. Qualquer remanescente daquela época pode ver a diferença. Os elevadores continuam subindo e descendo, gentes de todas as ambições ainda frequentam o prédio de vinte e poucos andares. Mas o carpete desgastado no centro dos corredores, já deixando transparecer o contrapiso, é menos um descuido do departamento administrativo que uma sentença. As centenas de salões, salas de reunião outrora abarrotadas de jornalistas e diretores já não estão todas ocupadas, algumas se transformaram em depósitos, com cadeiras quebradas, aparelhos de ar-condicionado obsoletos, máquinas de escrever e copiadoras aos pedaços, armários antigos recheados com pastas de arquivos empoeiradas e divisórias de várias cores que já não dividem lugar nenhum. É mais barato acumular todo esse lixo nas várias salas perdidas daquele prédio do que transportá-lo para algum lugar em que aquilo seja proveitoso, ou para um aterro sanitário ou uma empresa de reciclagem.

O cheiro de mofo misturado com anos de fumaça de cigarro impregnando as cortinas e o carpete ralo acompanha os passos de quem atravessa a redação naquela terça-feira até o aquário onde se encontra Bernardo. Os jornalistas e estagiários que atendem telefone e teclam em computadores ultrapassados nem reparam nos gestos nervosos de Carolina dentro da sala de vidro. Aquilo já não causa mais espanto a ninguém.

"Você está visivelmente exagerando na reação, Carol. Não seja tão obtusa. A cobertura que a gente está fazendo é quase impecável, beira a perfeição. Lembre-se da capa de domingo... Dez mil manifestantes na capa de domingo!", Bernardo cruza os dedos das mãos atrás da cabeça e se reclina no encosto da cadeira. Sua autoconfiança tranquila, se não servia para irritar ninguém, não contribuía para acalmar quem quer que fosse.

"Ignorar dez mil pessoas numa manifestação na frente do Masp é impossível, Bernardo! Não fizemos nada mais do que a nossa obrigação."

"Já ignoramos cada coisa, minha querida...", Bernardo sorri.

"Isso não está ajudando em nada, Bernardo." Carol vira o rosto para a grande vidraça que dá para a redação. Ela vê no reflexo o próprio pé direito batendo no chão incessantemente.

"Ora, ora, Carol... O que você queria?"

"O que eu queria? O que eu queria?! Que editorial é esse?", Carolina se vira para a mesa do chefe e joga o primeiro caderno do jornal em cima do móvel. "Como assim a prefeitura não pode ficar sem o aumento? De onde vocês tiraram isso?"

"Você não leu o editorial, então... A resposta está lá."

"Isso é uma bobagem, você sabe disso, eu sei, nós dois sabemos disso."

"Tem gente mais bem informada, técnicos mais preparados e pessoas que entendem de transporte público mais do que eu e você juntos, gente que discorda diametralmente de você."

"Conheço esses técnicos e esses caras bem informados. São sempre as mesmas pessoas, os técnicos de confiança que ficam ali naquela prateleira. Bem, eu conheço gente que riria, aliás, que deve estar rindo desse editorial, gente que eu entrevistei, e que sabe mais sobre transporte público, gestão de recursos e matemática elementar do que eu, você, essa redação inteira e todos esses especialistas de aluguel juntos..."

Bernardo desenlaça os dedos atrás da cabeça e põe os cotovelos sobre o tampo da mesa. Os olhos azuis fixos nos grandes olhos escuros da jornalista. "Carol, você está ultrapassando uma linha que... Adoro seu trabalho, você sabe disso. Eu que trouxe você para cá, você lembra bem. E você é inteligente demais para saber que não deveria fazer esse tipo de colocação. Sabe o que tem ali?", ele aponta para a prateleira da estante no canto da sala. "Não tem especialista de aluguel nenhum. Tem uma caixinha de antiácidos e outra com Lexapro, que eu reponho de mês em mês. Você não tem ideia do que eu tenho que fazer aqui nesta cadeira. Esta cadeira, esta sala, aquele nome na porta... Você não tem ideia das cotoveladas que eu tenho que dar pra abrir caminho, das pedradas que eu recebo, dos telefonemas, dos sapos que eu tenho que engolir, das lutas que eu tenho que travar todo santo dia. Você nem ninguém nessa redação tem a mínima, a mais vaga ideia. Não tem nenhuma alma neste prédio,

Carol, que conseguiria suportar quinze minutos de estágio na minha vida." Bernardo volta a encostar todo o corpo no estofado da sua cadeira de chefe, que desliza alguns centímetros para trás. "Sei que agora, isso que você falou, sei que você apenas está vendo até onde a linha pontilhada pode ser empurrada, mas por favor não me obrigue a fazer o que eu não quero."

"Essa cadeira tem esse preço, Bernardo. Tem uma etiqueta bem grande colada nela; impossível não ver. E cada um paga o que está disposto a pagar. Isso é que nos torna diferentes, não é mesmo?", Carolina dá um passo adiante e estica a mão para pegar o jornal sobre a mesa. "Eu sei exatamente até onde a linha pontilhada pode ir. Talvez eu apenas não me importe mais."

Um silêncio calmo e pesado cai no centro da sala e se espalha por todo o cômodo, subindo pelas paredes, chegando ao teto. Os dois jornalistas decepcionados e desencantados, costurando mais um retalho na colcha de decepções e desencantos com a figura à sua frente. Carolina dobra o jornal, joga na lata de lixo, se vira e vai a passos lentos em direção à porta. Antes de ir, se volta para a mesa onde Bernardo está.

"Estou indo para a avenida Paulista agora à tarde, depois do almoço. Não interessa se a pauta é outra, se não querem que eu vá."

Carolina sai andando sem olhar para os lados, sem prestar atenção no barulho das teclas, nos ruídos das impressoras e dos aparelhos de telefone que tocam sem parar e nas palavras misturadas na barafunda de vozes.

João Paulo abre os olhos. Os murmúrios da rua invadem seu apartamento avisando que o sol está alto e que as pessoas há muito estão longe da cama. Não devia ter bebido tanto, pensa, e agora tem na boca aquele gosto de saliva ressecada e um leve olor de álcool cada vez que expira. Pelo menos não está com dor de cabeça. João Paulo se levanta, estica os braços, as pernas, se espreguiça. Consegue ouvir os ossos estalando pesadamente, como melancias se acomodando na carroceria de um caminhão em movimento. No meio do caminho até o banheiro, abre a cortina e a grande porta corrediça para o apartamento acordar. Trinta minutos depois, retorna asseado.

Mensagem no celular. Letícia.

Almoço?

Tava pensando em comer aqui em casa.

Dou um pulo aí então. Em meia hora tô aí.

OK! A gente pede comida.

Bj.

O sol roça o meio-dia e João Paulo vê outro recado da agência perguntando como vai o trabalho. "Vai bem, caralho..." Uma ligação não atendida da mãe e uma mensagem de Claudinha. Mas agora não tem muito tempo para nada. Joga o celular na mesinha ao lado da cama, sacode os lençóis, aproxima-os do nariz. Sim, estão perfeitamente usáveis, pensa, mesmo para os exigentes padrões da Letícia. Arruma a cama como uma governanta inglesa. Os lençóis esticados, sem nenhuma ruga ou vinco — havia aprendido isso com uma garota que trabalhara num hotel em Londres e que ele conheceu no Carnaval de cinco anos atrás. Janet era seu nome.

João Paulo abre a porta da entrada, a janela dos fundos e o basculante da cozinha, deixando espaço para o vento fazer seu trabalho. Ajusta os tacos de madeira soltos no chão e volta a pensar que precisa dar um jeito no seu apartamento, nas rachaduras da parede e do teto; até o sofá agora parece envelhecido e surrado. Um lugar cheio de glórias e histórias, um templo, um verdadeiro Wembley da vida amorosa, ele pensa, não merecia aquele descuido. Uma vassourada limpa o assoalho cheio de migalhas e pó acumulado. João Paulo chega na cozinha, abre a geladeira, corta um naco de parmesão que descansa há uns bons dias na prateleira e tenta enganar a fome até Letícia chegar, o que não demora muito.

Onde havia conhecido Letícia? Ele não se lembra com precisão. Em uma das sete agências pelas quais passou antes de se dedicar ao trabalho irregularmente remunerado, isso é certo. Mas ele se lembra, sim, que Letícia sempre foi bonita e, salvo algum desastre, sempre será. Antes, quando não eram tão próximos ou quando ainda namorava Rebeca, Letícia era primeiro uma conhecida e depois apenas uma amiga, que se misturava a outros amigos que se encontravam e desencontravam em clubes e bares como o Éden, o Lady Paranoia ou o Garbage. E embora os dois se gostassem, nunca haviam imaginado, pelo menos nunca João Paulo, que, logo após o fim do seu relacionamento, aquela relação quase fraternal seria substituída por outra baseada exclusivamente no sexo em domicílio, delivery de comida italiana e malbec argentino.

Tô aqui!

Tô descendo.

Em segundos, João Paulo põe uma bermuda e uma

camiseta limpa, e desce para resgatar sua companheira de almoço.

Carolina abre a porta de casa e encontra Luana na cozinha.

"Olha só quem apareceu pra almoçar!"

"Tem comida pra mim?"

Com as mãos lambuzadas de azeite, Luana vira o rosto para beijar a namorada.

"Claro... Tô fazendo uma salada. Salada com atum. Pode ser ou a senhorita estava pensando em algo mais substancioso?"

"Ótimo!"

"O que você está fazendo aqui?"

"Eu que pergunto..."

"Tive que cancelar as pacientes da tarde. A Sabesp vai fazer alguma coisa na rua da clínica. Estamos sem energia e água… Não achei ruim, pra falar a verdade. Vou ficar aqui em casa lendo. Talvez vá ao cinema ver o filme do Woody Allen."

Carolina vai até a sala, joga a bolsa no sofá e se dirige ao banheiro para lavar as mãos. Volta para a cozinha descalça, prendendo o cabelo com duas fivelas coloridas. Antes de se sentar à mesa, dá um tapa na bunda de Luana.

"Pode ir… Não suporto mais Woody Allen."

Carolina volta a olhar para o traseiro da namorada. Ajoelha-se atrás de Luana, segura com as duas mãos as duas bandas redondas que preenchem a calcinha e morde com delicadeza a nádega direita e logo depois a esquerda. Luana sorri.

"Adoro esse rabo!"

"Eu também te amo, Lina."

Carolina se levanta e trata de pegar pratos e talheres. Luana põe a imensa vasilha de salada sobre o tampo de madeira. Juntas eram imbatíveis: uma cozinhando, outra preparando a mesa. Uma lavando, outra enxugando. Um ritual quase automático de sincronia incomum que valia para a vida toda, como a língua que se retrai na boca para receber a língua do outro no beijo.

"Sim, mas o que você está fazendo aqui?", Luana pergunta se servindo da salada de atum.

"Hoje vai ter outra manifestação na Paulista. Hoje vai ser grande. Pensei em passar em casa antes... Não aguento mais, Lu. Hoje eu discuti de novo com o Bernardo. Nem sei como eu ainda estou empregada. Dessa vez, fui além do permitido pela Convenção de Genebra."

"Mas você está toda serelepe, nem parece uma pré-demissionária."

"Talvez eu não esteja mais me importando tanto."

Luana serve a salada enquanto Carolina despeja água nos copos.

"O pior é que o Bernardo não é um filho da puta. Ele é apenas um..."

"Filho da puta."

"Não, é só um carreirista."

"Carreiristas são filhos da puta."

"Ele tá todo fodido. Tomando ansiolítico. O coração todo remendado."

"Ele tem quantos anos?"

"Uns 50, quase 60. Mas tá inteirão. Comedor. Passa o rodo."

"Apenas mais um americano, portanto."

"Americano?"

Luana sorri enquanto pega o guardanapo. "Você não sabe o que é um americano?"

"Americano, natural da América", responde.

"Ah, você vai adorar… Piadinha interna da turma da cardiologia. É por causa das pílulas: o cara que toma Viagra pra trepar e tem problemas no coração… Azul e vermelho, como a bandeira americana."

"E as estrelinhas?"

"É quando o cara tem um piripaque!"

As duas gargalham.

"E eles sempre têm! Gatão, pegador, ali pelos sessenta. Americano. Não tem erro! Vai pra faca em breve, tô te dizendo."

"Se ele é americano", conclui Carolina, "estamos numa guerra fria."

João Paulo gostava de Letícia. Era inteligente, interessante, bem-humorada, apreciava cinema, artes plásticas, literatura e viajar — a combinação clássica da mulher bem nascida, criada com todos os confortos e oportunidades que uma família de classe média alta com pais esclarecidos e uma boa educação em colégios particulares e escolas de idiomas poderiam oferecer. Ela adorava ir a lugares em que ninguém do seu círculo de amizades havia posto o pé: Indonésia, Filipinas, ilhas Fiji, Trinidad & Tobago. No entanto, João Paulo nunca havia ido a nenhuma sessão de cinema com ela, jamais havia visitado uma exposição com ela e muito menos atravessado oceanos para se embrenhar com ela em uma cabana chique, daquelas que vemos em catálogos de moda masculina de verão no meio da Polinésia Francesa. Os dois só trepavam. O cheiro dela era singular, um doce áspero, e ele se encantava com a possibilidade de um cheiro ser áspero. E é esse cheiro agora que se mistura às fibras de algodão dos lençóis e toma conta do apartamento e da pele dele, agora que ela deixa seu corpo cair ao lado dele sobre a cama.

"Você tá bem?"

"Porra, tô ótima! Você?"

"Eu tô ótimo."

As pernas de Letícia se agitam, roçando no lençol, como se liberassem as últimas descargas elétricas do gozo.

"Como é bom dar pra você!"

"Eu acho que é muito melhor comer você do que dar pra mim!"

João Paulo estica a mão para pegar a taça de vinho na mesinha de cabeceira. Letícia faz o mesmo no seu lado.

"Terça feira, meio-dia, e eu aqui tomando vinho. Que maravilha!"

"E eu? Eu ainda vou trabalhar."

"Eu também, ora."

"Você tem uma enorme vantagem. Pode trabalhar assim, ó, peladão, com esse pau lindo aí balançando pra lá e pra cá."

"Não é tão grande assim."

"Não falei que era grande. Falei que era lindo", ela provoca. "Acho que vou inventar uma dor de cabeça, uma queda de pressão, qualquer coisa. Sair dessa cama tá foda."

João Paulo suspira e se levanta com vagar e vai em direção ao banheiro. No meio do caminho, tropeça num taco de madeira que sai deslizando pela sala, cli-cli-cli-cli-cli, até parar junto à parede. Ele se abaixa para pegar a plaquinha de madeira. "Tenho que dar um jeito nessa bagunça." Vai até o espaço côncavo no meio da saleta e recoloca o pedaço de madeira no lugar, dando duas pisadas para assentar a peça.

"Por que você não gosta mais de trabalhar em agência?"

"Não desgosto. Só prefiro meu esquema novo. É ele que me permite, por exemplo, essa extravagância no almoço de qualquer dia da semana", João Paulo fala apontando para as roupas jogadas no chão, para a garrafa de vinho e os pratos com sobras de espaguete.

"É um argumento forte, não tenha dúvidas."

"Eu ganho menos, é fato, mas é bem mais saudável e tranquilo. E, às vezes, como no caso dessa campanha do Banco do Brasil, cai uma bolada na conta que daria pra eu passar uns quatro meses vagabundando. É sério. Então eu não tenho muito do que reclamar."

"E como é que está o pessoal da agência? O pessoal da campanha?"

João Paulo volta e desaba na cama.

"O pessoal lá tá meio desesperado... Outro lindo motivo pra não voltar... Tá tudo certo. Tô dentro do prazo, o cronograma tá sendo cumprido. Bando de neuróticos! Que se afoguem na loucura!"

Letícia começa a se arrumar. Pega a calcinha no canto do colchão e a veste deitada, jogando as pernas para cima. Toma mais um gole de vinho e inicia o périplo pela sala catando os pedaços do seu figurino desmanchado sobre piso de tacos soltos.

"E a doença? A dor de cabeça? O desarranjo intestinal?", diz João Paulo.

"Ah, meu amor, não vai dar, não. Bem que eu queria,

mas tô com trabalho por aqui!", diz ela, levando a mão ao topo da cabeça.

"Você bem que podia ser freelancer, hein?", fala João Paulo enquanto veste a cueca.

"Atendimento freelance é um ótimo eufemismo para atendimento desempregado... E desempregada eu não posso viver. Tenho meus luxos. A não ser que alguém me banque, que você me banque. Mas ser bancada por freelancer é o fim", ela se levanta e vai até a estante de livros com os sapatos na mão. "Acho que assassinos profissionais seriam os únicos freelancers que conseguiriam me sustentar. Assassinos devem ganhar bem, eu acho."

"Depende..."

"Não tô falando de pistoleiro meia-boca, que mata por uma caixa de cerveja. Tô pensando em gente especializada. Gente qualificada. Gente que mata presidente de país, senador, empresário graúdo, chefe do narcotráfico, esses caras...", Letícia fala enquanto passa os olhos pelas lombadas dos livros.

"É, esses aí devem ganhar bem, acho. Mas ninjas devem cobrar mais caro... Morte limpa e silenciosa", pondera João Paulo, tomando outro gole de vinho.

"Ninjas? Não tinha pensado nisso. Mas os ninjas devem ser todos brochas. Ou devem passar quatro horas trepando, sabe? Sexo tântrico."

"Sexo tântrico? Ninja não tem nada a ver com sexo tântrico."

"De toda forma, nem brocha nem esses caras cheios de rituais orientais me interessam. Eu gosto de pau na boceta, e pronto. Um bom holerite, já que eu vou ser sustentada, e pau na boceta. Então eu acho que preferiria ficar com o velho e bom assassino profissional com aqueles rifles com miras a laser que acertam lá longe."

Dois helicópteros sobrevoam o apartamento. O barulho faz os dois taparem os ouvidos.

"O que é isso?"

"Deve ser a manifestação. Helicóptero da polícia, do telejornal."

"Que manifestação?"

"Porra, Letícia, a manifestação!"

"Ah, sim, a manifestação...", ela fala sem demonstrar muito interesse e instantaneamente volta a examinar a estante. Livros fora de ordem, de diversos assuntos, vários tamanhos. "Você devia ser mais organizado, hein? Não dá pra achar nada aqui."

"A gente tava conversando sobre o que mesmo?"

"Essa onda de ser freelancer."

Letícia se curva para calçar o primeiro sapato. Sem tirar os olhos da fileira de livros, curva-se novamente para calçar o segundo sapato. João Paulo se aproxima por trás, agarra o pescoço dela com a mão esquerda. Quase uma coleira de ossos, carne e tendões. Ao mesmo tempo que enfia a outra mão pela saia e a língua na orelha direita.

"Puta que pariu", sussurra Letícia, o joelho dobrando, o fôlego faltando. "Você vai me comer de novo?"

O som alto e grave das pás dos helicópteros ricocheteia entre os prédios da região da Paulista dando a impressão de estar em todos os lugares e em nenhum ao mesmo tempo. Quem olha para cima vê apenas o brilho do sol das três da tarde e o papel picado atirado das janelas dos prédios corporativos. Caminhando com passos largos, Carolina segue pela alameda Santos se desviando dos poucos pedestres vindo no contrafluxo e ultrapassando os vários que seguem na mesma direção. Carolina gosta de sentir os cheiros das ruas de São Paulo. A fumaça dos carros, os suores, o vapor que sobe do asfalto quente e o aroma rançoso de fritura das lanchonetes populares nas imediações da Paulista. Ela cruza com um carrinho de pipoca e logo depois com uma perua adaptada para servir hot dogs. Mulheres vestindo camisetas baratas, trabalhadores com sapatos sujos de cimento e adolescentes que deveriam estar na sala de aula fazem um semicírculo perto do porta-malas do veículo. Com agilidade, o homem do cachorro-quente serve a clientela enquanto já começa a recolher cadeirinhas de plástico e lousa com os preços dos lanches. Hoje eu vou sair mais cedo — diz ele para uma plateia de clientes que mal o ouvem — que não quero saber de confusão pro meu lado! Vambora, vambora, vambora, é oito conto, moça. Assim como os vendedores de balas nos semáforos — Carolina pensa —, que logo começam a vender guarda-chuvas quando o tempo muda, os donos de van de cachorro-quente também sabem antecipar as tempestades e o momento de guardar as cadeirinhas.

A jornalista deixa a van de cachorro-quente para trás, mas não consegue dar mais de dois passos sem pedir licença. Ombros se chocam com bolsas, uma senhora reclama da brutalidade de um rapaz que passa raspando por ela. E o congestionamento usual, carro atrás de carro, ônibus atrás de carro, caminhão atrás de ônibus, recebe a indesejável companhia de pedestres

"Alô, Marcão?"

"Cadê você, Carol?"

"Tô chegando, passando no Conjunto Nacional..."

"Tem gente, hein?"

"Oi?"

"Tô falando que tá cheio, muita gente!"

"Mas a concentração não estava programada para as quatro?"

"Não sei, só sei que tá cheio... Tá ficando bonito isso aqui."

"Em quinze, eu chego."

"Tenho foto pra umas cinco capas de jornal. E olha que a bagaça mal começou!"

"Tô chegando. Me espera aí! Beijo."

Carolina segue em frente passando por dentro do Conjunto Nacional, cortando caminho até o outro lado do saguão, saindo na avenida Paulista. A luz clara e azul do dia atravessa os prédios como se o concreto e o metal fossem uma trama de tecido. Nem as portas que gerentes de lojas e butiques baixam para encerrar prematuramente o expediente ofuscam o esplendor da hora e a excitação das pessoas nas ruas.

A poucos metros de onde Carolina está, um rapaz de camiseta azul, com #irivir estampado no peito e com uma alegria genuína no rosto passa com pressa puxando uma espécie de carrinho com um amplificador conectado a um microfone. As pessoas na calçada são apenas cones num slalom imaginário que ele vence ziguezagueando sem custo. Na caixa de som toca uma versão eletrificada do hino nacional. Enquanto manobra seu reboque, vai falando frases, rimas e chistes improvisados. "São Paulo vai parar/mas eu tenho que passar!" Às vezes, o garoto acompanha o hino, cantando por cima da melodia a letra que falta; outras vezes aproveita para paquerar as meninas com uniforme escolar e as moças que saem das várias academias da região para tentar chegar em casa antes que seja tarde demais. "Me chama pra suar com você, minha flor." Inspirada naqueles motoristas que acompanham ambulâncias em emergências para fugir do trânsito, Carolina segue o reeditado Moisés que abre caminho no meio do mar de gente. "Moça bonita me pegando por trás/ainda bem, poderia ser um rapaz!"

O hino nacional é abruptamente cortado, dando lugar aos primeiros acordes de um grande sucesso dos anos 1980. Um entregador de farmácia dança empurrando sua bicicleta, uma senhora balança os braços flácidos na janela de seu apartamento. Carolina e o garoto que puxa a caixa de som se embrenham na selva humana que a cada metro vai ficando mais densa. Um ecossistema das mais variadas espécies, muitas das quais a jornalista nunca vira em nenhuma das centenas de manifestações que já havia coberto. E o comboio segue como um valente barco a vapor desflorando um rio africano em uma novela de Joseph Conrad.

Após alguns minutos suportando o som metálico que sai do amplificador, Carolina agradece a carona antes de desfazer a caravana de duas pessoas em uma clareira no meio da multidão. "Por uma bunda como a sua/eu passaria a vida toda gritando na rua." Carolina sorri, contagiada pelo clima bem-humorado do protesto, enquanto vê o garoto sair driblando o tráfego adiante.

"Cadê você, Marcão?", ela se pergunta quando nota que em breve vai ser impossível se movimentar na avenida. Nas pontas dos pés, Carolina tenta divisar ao longe, mas o máximo que consegue avistar é o muro de cabeças e pescoços ao seu redor. A clareira, está na cara, não vai durar muito, ela pensa no mesmo instante em que saca o celular do bolso. Sem rede. Mas se houvesse sinal, não daria para ouvir porra nenhuma mesmo, se consola.

Ao lado um grupo grita rimas bem-humoradas. "Baixa tarifa ingrata/Ou eu vou pular a catraca". Os versos são repetidos e repetidos até contagiarem os mais próximos. E o que era um coral de poucas pessoas logo se transforma em um coro de uma dezena, duas dezenas de manifestantes. Fogos de artifício são lançados perto do Masp, um barulho ensurdecedor se abate sobre a massa. A cada descarga um grito de comemoração abafa todos os outros, como uma disputa de torcidas num estádio de futebol. "Nenhum centavo a mais/Ou então eu entro por trás." E as pessoas logo entoam o novo hit.

Carolina acende um cigarro e decide conversar com os animados garotos enquanto o fotógrafo não chega. São estudantes do ensino médio, colégio particular, sim, andam de ônibus e têm a mesada contada, esse aumento vai foder todo mundo, não, não são todos os que utilizam ônibus, alguns vão de carro para a escola, mas essa parece ser uma luta bacana, que todo mundo pode participar, sim, era a primeira vez que iam para as ruas, o que é bom porque o Brasil é um país de acomodados, não é?, a gente paga muito imposto e não tem nenhum serviço digno de volta, é uma palhaçada, não, a gente não é contra o prefeito, mas contra o aumento das passagens, espera aí, não: eu sou contra esse prefeito filho da puta, sou contra sim!, porra!, o cara mal entrou e já tá aumentando tarifa de ônibus, é verdade, é verdade, sim, o prefeito é o maior pau no cu!, sim, a gente vai até o final, a manifestação vai descer aqui até a Consolação e descer até a Roosevelt, não é?, é, é sim, valeu!, a senhora é do jornal, é?, escreve aí direitinho, hein?, vocês do jornal só querem saber de inventar, eu sou o Gustavo Nunes, 18 anos, eu sou a Renata Mancini...

Ela apaga o cigarro e mentalmente manda Marcão à puta que o pariu antes de entrar no meio daquela bagunça que o próprio Marcão chamaria de cu de boi. A multidão se espreme em frente ao Masp para ouvir o som que sai alto e distorcido da aparelhagem. Dezenas, centenas de faixas colorem os céus com frases de efeito, exigências aos governantes, ameaças bem-humoradas, palavras de ordem e de amor. Um cartaz pede para que a seleção de futebol jogue com três atacantes no mundial do ano seguinte. Outro afirma que vinte centavos são apenas o começo.

Muito abaixo da nuvem de papel picado que flutua no ar, no nível do cu do boi, Carolina encontra seu caminho serpenteando, gastando a sola do sapato, como ela havia aprendido na faculdade que um bom repórter deveria fazer, como ela já havia feito um sem-número de vezes, em busca da manchete estampada na capa do jornal que Bernardo, seu escroto e calmo chefe, iria derrubar na última hora, a fim de manter intactas suas viagens de fim de ano, a bajulação desinibida dos políticos de todo o país, as putas de três mil reais e o suprimento vitalício de Viagra.

A vereda se abre até que uma onda de gente quebra na sua direção, derrubando várias pessoas e interrompendo a passagem. Um assustado silêncio toma conta dos manifestantes ao redor, um silêncio que dilata pupilas e retesa músculos. O pequeno grupo se põe lentamente de pé, catando apitos e cartazes jogados no asfalto, maldizendo o que quer que os tenha feito se esparramarem daquele jeito, enquanto Carolina olha para o lado: a uns vinte metros à direita, passando em direção ao Masp, um destacamento da Polícia Militar, com seus escudos de policarbonato, abre espaço no meio da festa colorida, como um trator em um jardim.

A água salpica sua barriga enquanto João Paulo lava os pratos da mesa recém-desfeita do almoço. Não é muita coisa, mas já basta para rememorar por que ele raramente come em casa. Coloca o último talher no escorredor, fecha a torneira e, ao enxugar as mãos em um dos dois únicos panos de prato que fazem parte do enxoval doméstico, lembra-se que o componente interno do filtro acoplado à torneira deveria ter sido trocado oito meses atrás. São duzentos e quarenta dias ingerindo água com micróbios e substâncias que ele não tem a menor ideia de onde vieram e, pior, para onde o estão levando.

Na sala, João Paulo pega uma embalagem de camisinha caída embaixo do sofá e a joga no lixo do banheiro que já está cheio; e diante do cesto de metal esmaltado em sua capacidade máxima, até a atividade de lavar louças evoca uma certa simpatia. Entre uma bufada e outra, uma careta e outra, ele leva o saco de detritos para a área de serviço. Além de comer, eu também poderia cagar, trepar, cortar unhas no Bule, ele pensa. Trepar no Bule, que ideia ótima e inspiradora. O lugar que lhe fornece pão, leite, feijão, carne, tomate, também lhe forneceria bocas, línguas, cus e xoxotas. Como não amar uma ideia dessas? A moça com a suástica vem à sua cabeça; o cabelo preso em um coque e a tatuagem do tamanho de uma moeda desenhada na nuca. Comer uma nazista abrilhantaria seu cartel. Um cartel, quando é que aprendeu a falar de sexo nesses termos? Ah, sim, abrilhantaria, não há dúvidas. Mas, quem comeria um nazista além de outro nazista? João Paulo não teria coragem, nem estômago. Além do mais, ele era circuncisado – não era judeu, era tudo apenas um caso de fimose. Mas daí a explicar que não tinha nada a ver com o judaísmo, que inclusive era meio ateu, que abominava a política expansionista de Israel, que achava ridículo rechear um ravióli com batatas, daí a explicar tudo isso, ele provavelmente já teria o pênis decepado por uma sägemesser e o corpo enrolado num tapete e enfiado no porta-malas de um carro de algum amigo da sua nazistinha gostosa, para ser desovado nas águas da represa Billings.

E se ela não estivesse com o cabelo amarrado revelando sua marca naquela manhã e, em vez de uma nazista gostosa, ela, aos olhos cobiçantes do João Paulo, fosse apenas uma gostosa como várias outras? Esse é um jeito novo e interessante de ver as coisas, pensa. Ele a convidaria para sair, tomar um drinque, bater um papo sobre qualquer coisa? Sim, provavelmente sim. João Paulo a levaria depois para casa se ela quisesse? Sim, sim! Ah, Jotapê, você se tornou um puta de um galinha, quem diria! Eles poderiam foder no sofá, na cama, talvez no chão sobre os tacos soltos. Aí então ele perderia o pau e amanheceria afundado no lodo das profundezas da represa para nunca mais ser encontrado sem nem saber o porquê. Por outro lado, talvez ela não fosse assassina. Sim, talvez fosse apenas uma filha da puta de uma nazista que não gosta de sangue. João Paulo tenta imaginar com quantas garotas nazistas ele transou sem saber. Que vida! Bem, no final das contas, talvez o Bule sirva apenas para comer, cagar e cortar unhas.

Já na mesa de trabalho, admirado com o próprio talento para a procrastinação, João Paulo volta seus olhos para os roteiros da campanha do Banco do Brasil. A tarde já vai longe, e hoje ele mal avançou em seu trabalho. O Brasil vai pra frente, o Brasil é de todos nós, o Brasil é do brasileiro, o Banco do Brasil é seu, todos juntos fazendo o Brasil, é o Banco do Brasil fazendo mais pelo Brasil, o Banco do Brasil é mais você, Banco do Brasil é a cabeça do meu pau... O barulho incessante dos helicópteros não ajuda. Se fosse apenas o ruído... Mas eles não estão ali passeando, transportando grã-finos do shopping para o haras particular, levando executivos para reuniões importantes. Não, a bagunça na Paulista deve estar grande, João Paulo imagina. Pensa em ligar a tevê por uns cinco minutos ou entrar em um dos portais de notícia, mas antevê que isso seria o fim de sua produtividade pelo resto do já improdutivo dia. É o que o faz se concentrar na campanha que deve entregar até o fim da semana, baixar a cabeça e mandar ver no teclado. E assim, com os olhos presos na tela do computador à sua frente, João Paulo esquece de nazistas assassinas, do Bule, não vê o sol se pôr nem a noite ganhar as cores mais escuras. A concentração só é quebrada pela mensagem na tela do celular ali ao lado. Claudinha.

Quero te ver.

A mensagem fica lá estampada. João Paulo revira o manual de instruções da vida até a mensagem desaparecer quando o aparelho volta ao modo stand by. Depois coça o queixo, recosta-se na cadeira e dá um suspiro longo, que vale por uma tragada em um cigarro. Claudinha, sua gostosa, o que eu faço com você?

Ei, gata! Tudo bem?

Tudo! Tava a fim de você hoje...

Eu também. Vamos jantar?

Eu queria só trepar. Posso?

A coisa que João Paulo mais admirava na Claudinha, além da bunda pequena, redondinha e durinha, era a capacidade de escolher apenas foder, e nada mais. Um pau com hora marcada, ele era e gostava de ser. "Sim, senhora, o senhor João Paulo irá atendê-la em breve. Deseja um cafezinho?", ele brinca consigo mesmo.

Bom você perguntar, porque hoje mesmo lançamos um pacote "Só Foda".

:) :) :) :) Chego aí em uma hora, bonitão. Tô levando vinho.

OK. Tô te esperando!

Trepada agendada, o dia encerrado. João Paulo se levanta, estica os braços, alonga o corpo ao lado da mesa. O pulmão se enche do ar repleto do doce e áspero perfume da Letícia. Isso será um problema, pensa. João Paulo cheira os lençóis. Não é necessário nenhum olfato apurado para notar que Letícia está ali com seus aromas e caldos. João Paulo desfaz o leito, desenfronha os travesseiros, e leva tudo ao banheiro para jogar no cesto de roupa suja. Após pegar um novo jogo de lençóis e vestir o colchão como sua amiga inglesa havia ensinado, ele trata de abrir as portas, janelas e basculantes da casa pela segunda vez no dia.

João Paulo põe João Gilberto para tocar antes de se dirigir ao banheiro para retirar com sabonete a demão de Letícia em seu corpo. A água cai quente. O pescoço se flexiona para a frente, deixando um jorro grosso fluir pela ponta do nariz como uma bica despontando na pedra da montanha. Quanto tempo ele fica ali? Ele não sabe nem se importa. Em quem ele pensa? Em Rebeca. De quando em quando abre os olhos, observa a água escoar num fluxo constante, levando embora suor, sujeira, pele, e depois torna a mergulhar de volta em sua meditação.

Rebeca despeja xampu sobre os cabelos de João Paulo. As mãos delicadas, mas firmes; os dedos finos e determinados que se embrenham no emaranhado de fios castanhos. As polpas abrem caminhos, indo e voltando, girando em círculos abertos e fechados, fechados e abertos... O pescoço de João Paulo cede à força sedutora de Rebeca e acompanha seus movimentos, girando embaixo da ducha até que a espuma se dissolva e restem apenas os cabelos brilhantes, limpos e cheirosos. Houve um tempo em que isso não seria devaneio, alguma espécie de traição sórdida da mente de João Paulo e o banho terminaria na cama, com os corpos ainda molhados encharcando os lençóis e os travesseiros. Mas esse tempo ficou para trás.

"Rebeca..."

João Paulo se veste ouvindo "Doralice". A música avisa que amar é tolice, é bobagem, ilusão. Ele sorri e abaixa o volume para ligar o aparelho de tevê. Seu corpo cai na poltrona e os dedos teclam o controle remoto tentando achar algum canal que transmita ao vivo a manifestação na Paulista. Ainda deve estar rolando alguma coisa, pensa, os helicópteros não estariam ali a passeio. João Paulo encontra o que queria no exato momento em que o interfone toca.

"Já?"

"Cheguei muito cedo?"

"Não, não! Tô descendo!"

Desliga a tevê e volta a requisitar os serviços de João Gilberto. Quando retorna, com a mão no ombro de Claudinha, seu apartamento está limpo e recendendo a banho tomado. As janelas abertas evocam uma amplidão da praia e a bossa nova emula um mar que não quebra ali em frente. Nem os poucos tacos frouxos ou a pintura craquelada aqui e ali empalidecem a atmosfera solar e veranil em plena noite de junho em São Paulo.

Claudinha entrega a garrafa de vinho a João Paulo e já tira os sapatos. Ela vai conduzindo com os pés as sapatilhas amarelas, dando petelecos como se fossem uma bola de futebol, até a parede ao lado do janelão. É o protocolo em Wembley, ela sabe. Os pequenos pés brancos sobre o assoalho de madeira sustentam um par de pernas de bailarina encimado por uma bunda em forma de gota. Um suporte adequado para o tronco magro de costas elegantes que desemboca no pescoço longo. Pescoço que João Paulo morde ao chegar da cozinha com duas taças de cabernet sauvignon.

"Opa! Olha a safadeza..."

Lânguida, ela se afasta de João Paulo. Um sorriso furtivo revela o jogo de cena: afastar-se apenas para se reaproximar. Mas não sem antes brindar e dar um gole na taça.

"Gostou?"

"Gostei... Mas eu não entendo porra nenhuma de vinho."

"Nem eu. Peguei o que o cara do supermercado indicou... O sommelier. Não é assim que se fala?"

"Isso. Eu já presto atenção no rótulo. Eu só escolho vinho de rótulo bonito. E olha que eu nunca errei, hein? Mas bonito até cinquenta reais. Rótulo bonito acima disso é pra gente profissional, pra gente que tem doutorado, essas coisas..."

"O rótulo que eu trouxe passaria pelos seus critérios?"

João Paulo enfia o nariz na taça, inspira o vapor alcoólico, dá mais um gole e logo após fazer o líquido brincar pela sua boca chega a um veredito. "Eu diria que é um vinho bem estruturado, um típico cabernet de, deixe-me ver, uns quinze reais."

"Filho da puta!"

"Deixa um retrogosto de queima de estoque..."

Claudinha pega uma almofada no sofá e arremessa na direção de João Paulo que tem que se contorcer para evitar que a taça com vinho seja atingida.

"Sua louca! Sua...Vai quebrar tudo!"

Claudinha gargalha e, antes que possa fugir, João Paulo a puxa pelo braço e beija seus lábios com firmeza quase rude. Os dois deixam seus corpos caírem no sofá, um em cada ponta, pousando as taças no chão.

"Viu a bagunça que tá lá fora?"

"Vi, sim. Muita gente. Mas foi tranquilo chegar, sem estresse. Essa é apenas uma das vantagens de gostar de caminhar...", Claudinha estica o braço e dá mais um gole. "E aqui?"

"Aqui o quê?"

"Ora, como está a vida?"

João Paulo respira fundo.

"Ih, o que foi?"

"Nada, nada...Tudo indo como sempre."

Claudinha é essa moça bonita em frente a João Paulo. Mas a verdade é que João Paulo não sabe o que é a Claudinha.

"Boceta é melhor com 'u' do que com 'o', sabia?"

"Hã?"

"Buceta é muito mais boceta do que boceta. Quando você fala buceta tá implícito toda a putaria, o sexo. Buceta é um órgão sexual. Boceta, não! Boceta é apenas uma reentrância do corpo feminino, é quase um acidente geográfico, uma península, uma baía. Hoje em dia só as freiras tem boceta — e olhe lá."

"Ah, Jotapê...", ela fala meio rindo.

Os dois preenchem alguns segundos com o vazio, sem

falar nada, apenas se olhando. Eles sabiam tudo sobre o outro – o que não sabiam era porque não era para saber mesmo. E disso tudo restavam meras investigações sobre o trabalho, o clima, os shows, algum filme novo e perguntas vagas sobre a vida sexual do outro.

"Tem ido ao cinema?"

"Nada... Tô trabalhando demais. E também tem a preguiça. Sei que é meio ridículo, mas não aguento mais ir lá na Augusta ver filme alemão, iraniano, francês... Só vou em filme americano!"

"Meu Deus!"

"Mas filme americano bom. Do Martin Scorsese, do Paul Thomas Anderson, desses caras que sabem fazer filme."

"Então faz tempo que você não vai ao cinema, hein?"

"Sim, faz muito tempo."

Eles tomam um gole de vinho sincronizadamente. Claudinha, Claudinha, Claudinha, o que eu faço com você, se pergunta João Paulo. Porque Claudinha tem tudo, Claudinha é tudo. Claudinha é um "x" em cada quadradinho do formulário. Ela fazia arquitetura ao lado do campus da Comunicação, onde João Paulo estudava. João Paulo nem se lembra de que modo ela se encaixou em sua vida. Naqueles anos de faculdade, onde o álcool e a maconha embaralhavam a realidade, onde os vinte e poucos anos faziam tudo parecer a hora certa, o momento certo e as pessoas certas, nesse cenário ao mesmo tempo onírico e exato, diáfano e concreto, foi que Claudinha apareceu. Para ele, os anos só haviam lapidado Claudinha, como se de tempos em tempos o "x" no quadradinho fosse se centralizando, aparando as arestas, se redesenhando em uma caligrafia mais firme, econômica e exata. Hoje, quinze anos depois, Claudinha é tudo aquilo que ele vê na sua frente, a beleza irrefreável e transbordante, autoconfiante como uma coluna de um templo grego, à prova do tempo, das intempéries e do governo dos homens. Como Claudinha poderia ser apaixonada por João Paulo? Isso ele não sabe dizer. Talvez a resposta, ele mesmo intuísse, fosse a mesma para a pergunta: como João Paulo não poderia ser apaixonado por ela?

"Vem aqui, vem!"

Ela o chama, mas é ela quem se projeta sobre João Paulo.

Um objeto fumegante do tamanho de uma lata de leite condensado risca o céu e cai no meio da multidão. Segundos depois, uma nova onda humana, igual à que havia atravessado o caminho de Carolina em direção ao Masp, vem dar a seu pés. Dessa vez, no entanto, ela não reflui; quebra descontrolada no parque Trianon, se espalha pela avenida Paulista, com sua espuma de medo e pânico. Carolina se protege atrás de um poste de iluminação encaixando o corpo na estrutura de concreto, enquanto pessoas passam correndo aos tropeços, se agarrando como podem nos ombros e braços de quem quer que fosse para não ser atropeladas pela boiada da qual fazem parte. Os gritos de pavor da multidão, o som surdo dos corpos aos encontrões, as latas de lixo tombando nas calçadas por onde se espalham os cacos de vidro de vitrines e a cacofonia do desespero quase encobrem a barulheira dos helicópteros que sobrevoam a avenida agora apontando pesados holofotes em direção ao asfalto. A massa de barulho só é transpassada pelo estampido dos tiros de borracha.

A jornalista estica o pescoço e os olhos para a direita, para a esquerda. O gás lacrimogêneo vem em nuvens. Ela lembra do lenço dentro de sua bolsa, mas ela já não está mais pendurada em seu ombro. Enfia a mão no bolso e pega o celular. Sem sinal. Pequenos grupos atravessam correndo a avenida desorientados, ora indo rumo ao centro da cidade, ora ao lado oposto, tangidos pelo terror. Duas garotas saem de uma agência bancária correndo para a alameda Casa Branca. Uma delas leva a mão à testa, tentando conter o sangue que escorre pelo braço, e de lá para a calçada. Pessoas se esgueiram pelos muros em busca de um refúgio ou de uma via de escape fora do alcance do gás que lhes queima os olhos e encharca as roupas. Em pouco tempo, a avenida em frente ao Masp está vazia.

Carolina sai de seu esconderijo, vai para o meio da Paulista e vê ao fundo, se afastando da posição onde estava, soldados da Polícia Militar em formação, empunhando seus escudos e disparando balas de borracha contra a multidão acuada. O estalo das armas, o som das bombas de gás e os gritos ecoam no corredor de prédios. Fotógrafos, jornalistas, cinegrafistas amadores e alguns manifestantes aparecem no meio da avenida, ao lado de Carolina, como animais que saem da toca após a passagem de uma tempestade. Os rostos encobertos por camisetas e lenços para reduzir os efeitos do brometo de benzila transformam todos ali em um pequeno exército rebelde, que segue à distância os homens fardados. Nas imediações da Ministro Rocha Azevedo, Carolina reconhece o carrinho com a caixa de som, o barco que a ajudou a atravessar a selva africana instantes atrás. A aparelhagem agora está despedaçada, fios desalinhados; e, no lugar das rimas provocantes do rapaz que a guiou, o silêncio.

O som de uma explosão e uma bolha de fumaça e fogo que se esvai em forma de coluna para o céu a algumas dezenas de metros adiante arregalam os olhos da jornalista. Um carro em chamas agora separa a Polícia Militar do grupo de manifestantes encurralado que ainda resiste.

"Meu Deus..." Na tela do computador, a coluna de fumaça negra subia como um rio desorientado que corre para desaguar na noite. Um carro pegando fogo... A cena traz à memória de João Paulo várias outras, vistas em países distantes.

"O que é isso?", pergunta Claudinha saindo do banheiro com a toalha enrolada na cabeça e vestindo uma camiseta larga com a imagem estilizada de Alfred Hitchcock no peito. "É a Síria? A coisa tá feia lá. Mas aquela região, hein? Ô, lugarzin..."

"Que Síria?" João Paulo inclina o rosto para Claudinha sem desgrudar os olhos da imagem luminosa. "É a cinco quarteirões daqui de casa."

# 6.

"Eu nem te ouvi... Que horas você chegou?", pergunta Luana saindo do banheiro de calcinha e sutiã em direção ao closet, iluminada pelo sol da manhã.

Carolina está na cama, deitada com a barriga para cima, apoiada nos cotovelos, a cabeça erguida, o cabelo encaracolado amanhecido na bagunça, a cara amassada, com vincos dos lençóis estampando as bochechas, a boca seca, os olhos vermelhos, o jeito de quem dormiu pouco, mas dormiu muito.

"Eu pensei que ainda ia te ver à noite, quem sabe até jantar", a voz vinha de dentro do closet. "Tudo bem que o jornal fecha bem tarde, mas, sei lá... Ontem eu fiz aquele pimentão recheado. Ficou ótimo. Sabe quando as bordinhas ficam queimadas?"

Carolina se senta. Olha o quarto ao redor, a tevê de plasma, os porta-retratos com fotos de viagem, aniversários, o pôster de *Taxi Driver* na parede, os sapatos no chão embaixo de uma montanha de travesseiros.

Luana volta ao banheiro já vestida. "Resolveu levantar, a moça? E como foi ontem? Que horas acabou a festa lá na

Paulista?" De frente para o espelho, ela espalha de leve pó nas maçãs do rosto, o batom, um pouco de perfume atrás dos lóbulos, nos pulsos, e pronto. "Eu não vi nada, não liguei nem a tevê. Aliás, por falar nisso, acho que o controle remoto..."

O silêncio vem pela porta do banheiro e, logo depois, aparece Luana. Ela vê a namorada de pernas cruzadas na cama, com o rosto enterrado entre as duas mãos em um suspiro profundo. Carolina levanta a cabeça com vagar enquanto desliza as mãos pela face até postá-las junto às coxas, como se o tempo em que leva para fazer isso a ajudasse a organizar as palavras e as ideias.

"O que foi que houve? Você está bem?", Luana pergunta arejando o cabelo com os dedos enfiados entre os fios.

"Lembra o Marcão?"

"O fotógrafo? Claro."

"Levou uma bala de borracha no olho..."

"No olho? Não acredito!" Luana põe a mão na cintura enquanto pergunta, assustada. Logo volta a arrumar o cabelo com as mãos.

"É..."

"Perdeu a visão? O cara é fotógrafo!"

"Não, acertou esse osso aqui, ó... Escapou por pouco!"

"Mas, porra... E o que foi que ele fez?"

"Estava fotografando! Foi isso o que ele fez: fotografar."

Carolina se levanta, estica os braços e as pernas até ficar parecendo um boneco de madeira. Dá a volta na cama e abraça a namorada.

"E você? Você está bem? Me conta!"

"Eu estou ótima! Tomei um banho de gás lacrimogêneo, escrevi a matéria que vai ser editorializada vírgula por vírgula e pedi demissão. Agora você se fodeu: vai ter que me sustentar...", Carolina ri, leve.

"Você se demitiu?"

"Ontem foi um massacre... Estava tudo lindo, tudo bonito, as pessoas, as famílias, o dia estava lindo. O céu azul, a luz..."

"Se você se demitiu, não tem problema nenhum! Tudo certo!"

"Os caras vieram do nada! Os policiais... Estava todo mundo numa boa, tinha uns caras vendendo pipoca, gente com filho, um monte de adolescentes. De uma hora pra outra..., e quando eu falo 'de uma hora para outra' é de uma hora pra outra mesmo. Os caras vieram explodindo tudo..."

"A PM?"

"Aham..."

"E aí?"

"E aí que você vai ter que ler meu texto no blog pra entender o que aconteceu, porque na porra do jornal em que eu trabalho, aliás, trabalhava, os idiotas da diretoria, o escroto do Bernardo, eles estão mais preocupados com a segurança de vitrines dos bancos do que em fazer jornalismo!"

Carolina falou isso com um sorriso combustível no rosto. E então deu um tapa na bunda de Luana, seguido de uma mordida no ombro. "Só não te como agora porque preciso ir ao banheiro!"

"E eu tenho que trabalhar!", Luana emendou, vestindo a camisa que estava sobre a poltrona ao lado da cama.

"Vá trabalhar, meu amor", Carolina fecha a porta do banheiro. Sua voz vem abafada lá de dentro. "Eu também vou!"

**Postado por LinaLinda, em 20/06/2013**

**O abacaxi cresceu**

(...) Quando eu deixei a Paulista, muito após a meia-noite, o cenário era de guerra civil. De um lado, o que se via eram milhares de manifestantes acuados, encurralados e armados até os dentes de cartazes, megafones e palavras de ordem. Do outro lado, o que eu vi foram policiais militares equipados com fuzis que disparavam balas de borracha e com bombas de gás lacrimogêneo, se utilizando de táticas de combate e emboscada como se as pessoas, a população, a quem eles deveriam servir, fossem inimigos ferozes. A guerra veio de um lado apenas.

Escrevi numa coluna anterior que a Prefeitura de São Paulo teria um abacaxi do tamanho do Obelisco para descascar. Errei — e peço perdão pelo equívoco. O tamanho do abacaxi é muito maior que o Obelisco e ninguém sabe ainda qual é. O Movimento Irivir lançou uma nota ainda na madrugada afirmando que as movimentações contra o aumento e pela redução da tarifa de transporte público continuarão apesar da violenta e desmedida repressão por parte da Polícia Militar. O governo de São Paulo, a quem a PM deve subordinação, também deverá pegar sua faca para ajudar a descascar a fruta que já está do tamanho da Serra da Cantareira, e continua crescendo.

**4.097 visualizações – 150 comentários**

**Comentário 67 – Edu Cardiff**

Eu tava lá ontem na Paulista. Quando de uma hora pra outra começou a gritaria, gente correndo. Vi uma menina com a perna quebrada se arrastando até o parque Trianon. Coitada. Tentei ajudar, mas não consegui. Era muito gás, mal se podia respirar. Vocês viram a primeira página dos jornais de hoje? "'O povo de São Paulo não admite vandalismos', diz secretário de Segurança." A PM desceu o pau. Vandalismo, o caralho! Quem vandalizou foi a Polícia Militar! #SPvaiparar #Irivir

**Comentário 76 – Lucia de Carvalho**

Não há palavras pra descrever a covardia que aconteceu ontem. Tinha gente de todos os lugares, famílias inteiras. A PM não deu chance pra ninguém, já chegou batendo. Fico envergonhada! Ninguém pode nem mais ir na rua protestar! O Brasil está entregue a uma ditadura comunista... Temos que acordar antes que seja tarde demais!

**Comentário 77 – Banana**

Ditadura comunista! Era só o que me faltava. Alguém me explica uma ditadura comunista no país onde os bancos mais lucram no planeta, onde a indústria automobilística despeja milhares de carros novos por mês nas nossas ruas e estradas! É por isso que o transporte público tá fodido! O país cresceu ao redor do carro, um bem privado. Não há nada menos comunista do que um carro particular, Lucia! Se há alguma ditadura em voga é uma ditadura capitalista, que põe o dinheiro, os bens móveis e imóveis na frente do interesse das pessoas!

**Comentário 92 – Jotapê**

Lina, acompanhei as movimentações da Paulista pelos blogs que transmitiam ao vivo direto da manifestação. Como moro nas imediações da Paulista, passei a tarde e a noite sofrendo com o vaivém dos helicópteros das redes de tevê. Posso estar enganado — embora creia que não —, mas acho que, como toda batalha desde o século XX, essa é uma guerra de informação. As pessoas na rua são imprescindíveis, porque sem elas não há fato, mas a chave de tudo está na mídia, na informação. Beijo.

**Comentário 96 – Mario Bolla**
Um amigo meu comentou sobre esse blog. Não volto mais. É pior do que ele falava.

**Comentário 102 – Paulo Trabalhador**
Esse pessoal tem que parar de tumultuar! Tem pai de família querendo chegar cedo em casa pra poder dormir e voltar pro trabalho no dia seguinte e esses bandos atrapalhando a vida dos outros! No dia que eu encontrar uma manifestação dessas pela frente eu jogo o meu carro em cima do primeiro filho da puta que estiver com uma bandeira na mão! E se for esses barbudinhos da USP, eu ainda dou ré e passo por cima de novo!

**Comentário 108 – Evaldo Princípio 74**
Eu acredito que todo ser humano, todo brasileiro tem direito de se manifestar. Mas também tem que respeitar o direito de ir e vir das pessoas comuns, que não estão se manifestando, que apenas querem tocar a vida normalmente. Aprendi desde cedo que o seu direito acaba quando se choca com o direito do próximo. Precisamos de mais civilidade. A cidade é para todos, não apenas para alguns poucos. Pensem nisso. Fiquem com Deus!

**Comentário 109 – Patati Patatudo**
Teu cu, Evaldo! kkkkkkkkk

**Comentário 120 – Rejane Catraca**
O governo e a prefeitura vão ter que dar um jeito para se livrar das merdas em que se meteram. Porque o que se viu ontem foi uma brutalidade! E o que mais me revolta são essas pessoas falando que tinha que descer o cacete mesmo! Filhos da puta! Filhotes da ditadura! Mas a gente não vai parar, ninguém que tava

lá ontem vai parar, nem o movimento vai parar! Só São Paulo, ela, sim, vai parar! #SaoPaulovaiparar #irivir #movimentoIrivir

**Comentário 131 – Alberto Camurça de Oliveira**

Não me espanta o tamanho do pântano em que se afunda o bom senso neste país. Já era esperado. O lodaçal da mediocridade se vale apenas da força da gravidade para afogar sem esforço algum o pequeno naco restante de lucidez da nação. A barbárie se avizinha. Semana passada o caldo de restos putrefatos ainda estava pelas canelas; hoje só vemos o cocuruto do que um dia se pôde chamar de decência. O pensamento independente, o que ainda resiste no país, o que ainda não se abalou de mala e cuia pelos Galeões e Cumbicas para lugares onde a civilidade se encontra, este frágil pensamento independente que me representa escapa pelas frestas e brechas que a grande mídia vendida ao comunismo internacional em um ocasional lapso não tapou para gritar e saudar o indivíduo e a família como pedras fundamentais de uma sociedade saudável, e não esse coletivismo grosseiro, esse espírito comunitário animalesco, pré-cambriano, que agora se faz representar pela chusma ignorante a sujar as ruas e a consciência da nossa juventude com seus slogans tingidos de vermelho. Não temos como confiar no Congresso, arrendado pelos cubanos; o poder executivo em seus três estratos se encontra loteado pelo socialismo mais renhido; e os jornais há tempos deixaram de representar o Homem Livre: hoje a mídia jaz açambarcada pelo socialismo mais rasteiro. Já não tenho forças para deixar o país, nem me restam muitos anos para lamentar pelo nosso Brasil. Sou um velho decrépito. Mas vocês que aqui me leem não percam a oportunidade. A América, a verdadeira América, Londres, Viena e Madri estão à vossa espera.

**Comentário 132 – DoidoLouco**

O velhinho aí de cima pirou, só pode. Huahuahuahuahua! #SaoPauloVaiParar #Irivir #MovimentoIrivir

**Comentário 139 – Filho do Dono**

Amigos, estou propondo uma campanha pela moralização e pelo saneamento das manifestações na cidade de São Paulo. O objetivo é colher um milhão de assinaturas para levar à Câmara Municipal um projeto de lei que regulamenta toda e qualquer manifestação paulistana, instituindo a área VIP (open bar e bufê inclusos) e a fila indiana — a transferência dos protestos para o sambódromo ou para o Jockey está sendo estudada. Pneus queimados, vitrines quebradas e, principalmente, alterações no fluxo do trânsito serão terminantemente proibidos. Sua participação neste momento é extremamente importante. Acorda, Brasil!

O café chega rápido como o ritmo das pessoas que entram e saem do Bule e transformam o sininho na porta numa singela rave matutina. Além do costumeiro aroma de pão quente, queijo derretendo na chapa e bordas de presunto queimadas, um alvoroço deixa o ambiente diferente do habitual. O espaço entre as pessoas se preenche de uma eletricidade crepitante. É isso o que João Paulo sente, é sobre isso que pensa ao dar o primeiro gole no café logo depois de morder um naco do canoa na chapa que jaz ainda fumegando na sua frente. A tela do celular brilha.

Adorei a noite. E a manhã também. Bom dia!

No jornal sobre a mesa, fotos imensas estampam as primeiras páginas. Um oceano colorido de bandeiras, cartazes e faixas, policiais em fila indiana, policiais lado a lado com escudos transparentes, vitrines aos pedaços, uma garota com o rosto vermelho de sangue, um Volkswagen incendiado, uma agência bancária com vidraças esfarinhadas. Vândalos deixam rastro de destruição na Paulista, é o que se lê na manchete.

"Viu essa bagunça?", Edu se posta ao lado, com uma bandeja nas mãos.

"Vi pela tevê... Vi na internet. Coisa de gente grande, hein?"

"O pessoal falava que brasileiro é tudo acomodado... Recebe o que te mandaram!"

"E o carro incendiado?"

"É, rapaz! Não é brincadeira, não! Já tava na hora, né? É muito descalabro, essa corrupção toda. Eu nunca imaginei que fosse ver isso acontecer! Me surpreendi, me surpreendi mesmo! Só não pode descambar pra violência! Quebrar vitrine de banco, incendiar carro... isso aí é coisa de marginal! Não é?"

Um silêncio constrangido envolve os dois: um não sabe o que falar, o outro não sabe o que vai ouvir. João Paulo olha para Edu, Edu olha para as fotos no jornal e depois para João Paulo. Edu sorri, um sorriso natural e artificial ao mesmo tempo, e pergunta se João Paulo quer mais alguma coisa.

"Não, tudo bem! Valeu!"

Edu meneia a cabeça e sai levando sua bandeja até o balcão em frente à cozinha, enquanto João Paulo dá outro gole no café e vira a página do jornal.

**Coluna de Nelson Rocha, Primeiro Caderno, página 4, 20/06/2013**

Estava aqui a me perguntar o que faz garotos, jovens adultos, despejarem tanta raiva sobre sua própria cidade. Só testemunhei tal grau de violência contra São Paulo naquele fatídico dia no verão de 2006 em que as ruas ficaram sob o controle da organização criminosa mais famosa do Estado, a qual dispensa apresentações. Essa ira não pode ser apenas por causa de R$ 0,20... A grande maioria dos manifestantes que vimos ontem nas imagens tremidas de cinegrafistas sob a luz dos molotov são filhos de classe média, jovens bem alimentados, bem-nascidos, com instrução e tênis importados nos pés. Ali não havia trabalhadores que precisassem daqueles trocados. Provavelmente, e sem perder muito tempo com contas, os garotos empunhando bandeiras e faixas, quando não atirando pedras, tinham mais dinheiro no bolso do que os policiais que ali estavam para defender o patrimônio público ganhavam num dia de trabalho duro. O que falar sobre isso? Sobre esse quadro pintado com tintas tão fortes e tóxicas? Procuro palavras, mas elas me faltam. Talvez eles, nossos revolucionários de primeira infância, estejam sob influência das lutas na Turquia, na Síria, como garotos que se fantasiam de soldado após ver um filme de guerra. Mas, aqui, eles brigam por que motivo, contra quem, em nome de quê? Se eles não têm resposta para isso, eu posso dar opções. Como sempre, o governo diz que está tudo bem, apesar dos graves perigos se avizinhando, como inflação, juros aviltantes e dólar em alta. Pois bem, por que não lutam contra a imobilidade no Congresso, que emperra o progresso a tanto custo para os bolsos e para a paciência de todos? Por que esses garotos e garotas não lutam contra o desemprego que está crescendo a olhos vistos? Esses garotos vivem num sonho, num sonho revolucionário como um filme do Bernardo Bertolucci estrelado pela Eva Green. A ignorância no sonho não custa nada, mas na vida real custa bem mais do que vinte centavos.

João Paulo dá as duas voltas costumeiras na tranca da porta, joga as chaves na caixinha sobre a estante e vai ao banheiro mijar. Entornou vários copos de vinho durante a noite, um suco e um café no Bule, e agora estava parado em frente ao vaso sanitário com o corpo inclinado até a cabeça se apoiar na parede. O jato transparente cai grosso. Que perfeita máquina era o corpo humano, que beleza de organização, os órgãos e os sistemas se comunicando e trabalhando cada um a seu modo, um para o outro. João Paulo imagina que se trabalhasse assim, como o coração bombeia seu sangue, como os rins o filtram, como a bexiga se contrai para expulsar a urina, se trabalhasse como seus órgãos, sua campanha para o Banco do Brasil já teria sido produzida, veiculada, e pronto. O jato definha quando uma imagem chama sua atenção. Ali, a poucos palmos de sua cabeça, entre sua testa e o botão de descarga na parede, uma fila de formigas atravessa a parede pelos rejuntes dos azulejos. Era uma pequena avenida de duas mãos. Os insetos andavam freneticamente, patas que pareciam vibrar de tão rápidas, mantendo a mesma distância umas das outras. João Paulo dá descarga, fecha o zíper e se volta para lavar as mãos. Segundos depois está a acompanhar de perto o tráfego de formigas em seu banheiro. Vê que suas companheiras de moradia fazem um atalho ao chegar no box, deixando o rejunte e agora subindo rumo ao teto em um ângulo perfeito de noventa graus. Após ultrapassar o nível da esquadria de alumínio que serve de apoio para o vidro, as formigas fazem outra conversão, desta vez à direita, e retomam seu caminho horizontal, paralelo ao piso, seguindo uma após a outra, dezenas após dezenas, centenas após centenas, pelo caminho que leva a um pequeno furo na parede.

João Paulo sai e se põe a procurar no verso da parede do banheiro, a parede da sala, onde aquelas formigas foram parar. Os olhos tentam rastrear o caminho na parede branca, na altura em que elas entraram no pequeno buraco acima do nível do box. Mas que danadas!, pensa. Não demora muito para encontrar a saída do túnel, dois metros abaixo, logo acima do rodapé, perto da caixa de som. Ele afasta o móvel com os equipamentos eletrônicos até entender que não era necessário o esforço, pois o complexo viário se estende pela parede, rente ao rodapé, girando pela coluna que serve como dente de separação entre a sala e a cozinha e seguindo no outro lado da parede até sumir em outro furo no rejunte atrás do fogão. João Paulo fica observando as formigas entrarem e saírem do buraco sem a menor cerimônia, com se fosse um dia normal de fluxo na avenida das formigas, no bairro das formigas, com as formigas preocupadas em pegar os filhos na escola, em chegar em casa para preparar o jantar, em levar a namorada ao cinema. João Paulo nunca havia visto formigas em seu apartamento. Por que estariam ali? Não há comida na pia, nos armários, na geladeira, não há bolos ou doces. "Formiguinhas idiotas", ele fala pra si mesmo. Na volta para a sala, ele empurra o móvel para o lugar de origem e recoloca um taco solto em seu devido lugar.

Saca o celular enquanto se dirige ao computador e tecla o número da mãe. Faz dias que ela liga e ele não responde. Não se recorda da última vez em que falou com ela. Demora apenas décimos de segundo para sentir a culpa de um filho desnaturado, que é como sua mãe o chama, mesmo quando o tom é de brincadeira. Nem chega a pensar que sua mãe irá falar que ele não se importa mais com ela, que ele se esqueceu dela, que ela está sozinha desde que o pai morreu, que quando ela estiver velhinha não haverá ninguém para cuidar dela, que os filhos da Rosa é que são legais, que isso e aquilo e aquilo mais.. Ela, ela, ela... João Paulo nem chega a ouvir o tom do chamado no celular, pois a ligação cai. Como caem as outras duas tentativas seguintes.

João Paulo respira fundo, com a culpa remoendo os ossos, então deixa o aparelho de lado e trata de finalizar os arquivos dos roteiros e anúncios para enviar para a agência. Vamos ver o que esses filhos da puta acham dessa vez, pensa meio orgulhoso, meio aliviado.

# 7.

A temperatura gelada de fora empurra João Paulo para dentro do pequeno boteco aquecido pelo calor das pessoas, pelas porções de molho de tomate com linguiça e pelo caldo de feijão-preto com ovos de codorna. No fundo do bar, perto do balcão, Boaventura está sentado sozinho numa mesa para quatro, olhando matreiro para João Paulo com os dedos médios apontando em direção ao céu. O recém-chegado atravessa o salão cheio de gente, entrando e saindo em nuvens de aromas, até chegar onde Boaventura o espera de pé para o abraço costumeiro.

"Puta frio do caralho!"

"Imagina se a gente tivesse ido no Scud..."

"Não é sempre que você tem ideias ruins, hein, Boaventura?", João Paulo diz e arrasta a cadeira, sentando como se fosse em casa. Fricciona as mãos. "Já pediu alguma coisa?"

"De comer? Nada."

O garçom deixa uma cerveja em cima da mesa com dois copos.

"Cara, tô bebendo demais..."

"Estamos."

"Aproveita que daqui a pouco a gente vai casar, ter filhos, não vamos mais sair, só se for pra jantar e olhe lá."

"Casar eu já casei", Boaventura pega a garrafa pelo gargalo e começa a servir. "E a Claudinha, hein?"

"Putz... Ela já te contou?"

"Não contou, não; mas agora eu sei", diz Bôa e cai na gargalhada. "Ah, Jotapê, você é um pequeno e tenro grão de feijão verde, clarinho, quase alvo, germinando na floresta da artimanha e da astúcia. Eu sou um jacarandá, um jequitibá-rei, um pé de ingazeira..."

Boaventura se inclina, dá um tapa no ombro de João Paulo e fala cerrando os dentes, como se simulasse raiva e indignação. "E aí, porra? O que tu tá esperando? Convite VIP?"

"Porra, digo eu!", João Paulo se irrita. "O que é que você quer que eu faça?"

"Você faz o que você quiser", desarma-se Boaventura. "Só queria que meu chapa se ajeitasse na vida. A Claudinha é, como dizem os corretores de imóveis, uma puta aquisição. Tem uma legião de gente atrás dela... Enfim. Você ainda pensa na Rebeca?"

"Não, claro que não!"

"Também não precisa ficar com raiva, só quis saber."

"Não tô com raiva", João Paulo responde irritado.

Os dois levam os copos à boca.

"Alguém me falou, não me lembro quem, que a Rebeca vai se mudar pra Inglaterra. Bacana, né?" Boaventura dá um gole curto na cerveja. "Londres, monarquia, fish and chips, essas coisas..."

"A Letícia foi lá em casa ontem."

"A Letícia? Aquela gosto... Ontem? Mas ontem você não comeu a Claudinha?"

“À noite. No almoço, foi a Letícia.”

Boaventura fica inerte, como se seu rosto fosse uma máscara de pedra.

“É um filho da puta... E eu preocupado com ele!”

“Gosto que você se preocupe. Não estou nos meus melhores dias.”

“Ah, vai sentar numa moita de piroca, seu...!”, Boaventura dá um soco no mesmo lugar onde havia dado um tapa segundos atrás.

“É sério!”, João Paulo agora sorri. “Preciso de carinho!”

“Você precisa de acompanhamento médico psiquiátrico, isso sim! Você é um perigo pra vida em sociedade. Você está fora de controle, sério.”

“Me deixa!”, fala João Paulo.

A porta do bar se abre.

“Chegaram, finalmente.”

“Não sabia que eles também vinham”, respondeu João Paulo, com uma entonação que Boaventura não soube identificar se era de curiosidade, desânimo ou excitação.

Luís, que as pessoas chamavam de Miro por causa de uma história que inclui narcisismo, onanismo e a pronúncia corrompida e abrasileirada de “mirror”, e Lígia, também conhecida como “Delígia”, devido a seus inúmeros atributos estéticos, namoravam havia duas semanas, se muito. A vida de um se encaixava na vida do outro tal qual dentes de uma engrenagem. Ambos se empenhavam com fervor em curtir o dia e a noite como se fossem os últimos momentos sobre a Terra, ingeriam quantidades tsunâmicas de álcool, entravam em qualquer balada do circuito moderninho só com um arquear de sobrancelha para os seguranças. Eméritos representantes da clássica linhagem de figuras noturnas que bebem para chapar e cheiram para acelerar, eram, sem exagero, duas coqueteleiras humanas. No entanto, não importava o tamanho da lama em que se atolassem na noite, pela manhã os dois estariam em suas respectivas agências revigorados, pele rosada, vestidos elegantemente, como bons diretor de contas e diretora de planejamento, prontos para mais um dia de trabalho. Os amigos sempre admiraram essa capacidade regenerativa. Cada um já devia ter transado com mais pessoas do que um ginásio poliesportivo de uma cidade do interior poderia comportar — era o que se dizia; e nenhum deles dava pista de que pretendia se aposentar no ofício da sedução compulsiva e do sexo casual. Por todo esse retrospecto ninguém imaginava que eles durariam muito juntos. Duas semanas, aliás, já eram demais.

"Há quanto tempo...", Miro abraça João Paulo e logo depois repete o cumprimento com Boaventura. Os quatro trocam abraços, beijinhos no rosto.

"E a Duda?", pergunta Lígia. "Tô com uma saudade dela!"

"Não sei se ela vem hoje. Ela disse que vinha, mas tá meio encalacrada lá no escritório. Acho que vai direto pra casa."

"Não sabia que vida de advogado era pior do que vida de publicitário."

"Depende de que publicitário você está falando", Boaventura responde a Lígia. "Se for a galera de planejamento, atendimento, como é o caso de vocês dois, nobre casal, os advogados certamente ralam bem mais." Com um semblante provocador ele continua. "Agora, se você estiver se referindo aos trabalhadores da criação, aos empregados da criação, dínamo irrefreável que move toda a indústria da propaganda neste país, aí não tem pra ninguém: advogado, médico, professor, cozinheiro, são todos vagabundos perto da força produtiva de um redator ou diretor de arte."

Os quatro riem, e Lígia responde enquanto pega o copo e a garrafa de cerveja que o garçom acabou de deixar na mesa.

"Odeio quando você começa a falar assim, discursando fora de controle..."

"Bem, fora de controle quem está é o nosso amigo Jotapê aqui! Estávamos falando sobre isso inclusive antes de vocês chegarem!"

João Paulo olha para Boaventura e baixa a cabeça sinalizando cansaço. Miro e Lígia se animam com a possibilidade de alguma boa história.

"É um idiota...", murmura João Paulo enquanto levanta a cabeça para Boaventura.

"Vamo, Jotapê, conta aí, vai!"

"Não é nada demais, bobagem do animal aí. Aliás, vocês me deem licença que eu vou ali no banheiro."

João Paulo se levanta; e um grande "aaaaaaaaah" cantado em uníssono pelos três amigos faz o bar inteiro olhar na direção do grupo.

O banheiro é pequeno, todo pintado de preto por dentro, um preto que parece petróleo vivo. A cor branca só se faz presente nas louças, no dispenser de sabão líquido, no papel higiênico e nas folhas de papel-toalha perto da pia. Na verdade, o toalete é o lugar mais quente e não cheira tão mal se comparado com a espelunca a que serve, o que faz com que João Paulo se sinta à vontade logo que fecha a porta. Ele olha ao redor se dando conta da sua solidão aquecida, silenciosa e confortável. O piso tem uma lâmina de algo que João Paulo desconfia que não seja água. Ele para em frente ao vaso e se põe a mijar sem vontade. O pau pende sem vida, servindo apenas de figuração. Nem uma mísera gota. Terminada a encenação, aperta a válvula de descarga esvaziando também o pensamento, limpando sua cabeça de qualquer ideia sobre qualquer coisa. Ao se dirigir à pia, um olhar intercepta o seu. Abre bem as pernas e se apoia com as mãos espalmadas nas paredes opostas para ver seu rosto refletido na poça de xixi e água iluminada abaixo.

O chão negro laminado pela urina é um espelho perfeito. Boceja com força e faz caretas testando a elasticidade da pele e dos lábios. Inclina o rosto em direção ao solo o máximo que pode, e ali se demora examinando as rugas, as pequenas marcas de origem indefinida, cicatrizes quase invisíveis das espinhas da juventude e a barba de fios grossos no reflexo. Nada pode ser mais revelador do que seu reflexo numa poça de mijo. Vê também a parede do apartamento com rachaduras perto do teto, o craquelado fino na camada de tinta, a civilização de formigas atravessando as paredes, os tacos frouxos deslocados no assoalho com suas frestas empoeiradas, o fim. Os dentes estão brancos, mas já começam a revelar uma cor amarelada que, segundo sua dentista, é um processo natural de mineralização e, segundo o próprio dono da arcada dentária, é apenas a velhice chegando. A velhice chegando após o fim?, ele se pergunta. O correto não seria o contrário? Pensa em Rebeca. "Idiota, Rebeca, idiota." Só quando entende que deixou de ser alvo de conversa na mesa lá fora decide sair.

"Eu não passei lá, não", continua Miro, "mas vi várias fotos. Aquilo virou um campo de guerra."

"Eu tava em casa, vendo a bagunça pela televisão com a Duda. Vocês viram o carro pegando fogo? Velho, parecia o Oriente Médio!"

"Lá na França, em 2005, acho, o pau comeu também. Nos bairros de imigrantes nos subúrbios. Era um carro incendiado por hora, lembra? Se não me engano as seguradoras tiveram que rever o preço e a política de concessão de seguros depois da quebradeira. Los Angeles também depois que aquele rapaz foi morto e espancado pelos policiais. Como era o nome do cara?", Lígia se pergunta olhando para o teto, como se ali estivesse escrita a resposta. "Rodney King!"

"O motorista... Saiu do carro e já foi levando porrada na cabeça", emenda João Paulo ao sentar. "Tudo filmado. Se tem uma coisa que eu gosto é de filhos da puta filmados sem saber."

"Ah, mas aqui é diferente, né?", intervém Miro. "Aqui não tem nada a ver com racismo, xenofobia. Aqui é outra coisa..."

"Sim, meu amor, aqui é outra coisa, mas o jeito que as pessoas têm para se defender são os mesmos", Lígia pousa a mão na perna de Miro enquanto fala. "Se vem um bocado de policial atirando e jogando gás lacrimogêneo em cima de você, o que você faz? Pedra neles, molotov neles, pau neles!"

"Não acho que quebrar vidraças de banco ou explodir carros seja alguma forma de autodefesa."

"Quem disse que todas as vidraças são quebradas por manifestantes? Aquelas balas de borracha atiradas a esmo vão parar aonde?", pergunta João Paulo.

Miro e Boaventura riem ironicamente balançando a cabeça em desaprovação enquanto João Paulo e Lígia se cumprimentam como jogadores do mesmo time.

"Não tô dizendo que os manifestantes não quebram vitrine. É óbvio que quebram. É um jeito que eles têm de expressar descontentamento. Mas acho difícil imaginar alguma manifestação com mais de vinte mil pessoas em que elas sejam encurraladas por policiais que não acabe em quebradeira", João Paulo continua.

"Meu baderneiro descontrolado", Boaventura abraça o amigo e dá um beijo em seu rosto, mas é repelido com um tranco.

"Então você é a favor desses caras quebrarem tudo?", pergunta Miro tomando um gole de cerveja.

"Acho uma bobagem, na verdade. E também acho que é um jeito rápido de perder apoio do resto das pessoas, pelo menos aqui no Brasil, não sei lá fora. Mas no meio da bagunça uma vitrine é tão pouco, não é? Curioso é que a gente está aqui falando sobre vitrines, mas não sobre as pessoas que levaram bala de borracha no olho, na cabeça, gente intoxicada pelo gás. Teve um jornalista que levou um tiro no olho, sabia? O cara era fotógrafo! Só esse fato — nós, aqui, lamentando vitrines quebradas em vez de falar sobre pessoas, sobre violência policial e sobre os vinte centavos — já é bem revelador."

"Eu acho que tem que quebrar tudo", fala Lígia com sorriso aberto, gargalhando. "Fodam-se essas vitrines, fodam-se as latas de lixo e os carros na rua! Foda-se tudo!"

Miro sorri, balança a cabeça sem acreditar no que ouve. "Olha, que tempos estranhos são esses em que publicitários estão contra o status quo."

O garçom chega com um prato de bolinhos de arroz e outro de pastéis. João Paulo põe a mão sobre as porções para roubar um pouco do calor. Lígia sorri.

"Do que eu estava falando mesmo?", pergunta Boaventura.

"Você? Você não estava falando nada. Esses dois baderneiros é que estavam."

"Claro que eu estava. Era sobre..."

João Paulo, Miro e Lígia enchem a boca, enquanto o rosto de Boaventura se acende em um sobressalto.

"Porra! Sobre o menino, cara. O menino do poste."

Uma comoção desconcertada toma conta de Miro e Lígia enquanto mastigam, e os dois se apressam a engolir o pastel para expressar o horror em "nossa!", "puta que pariu!", "que bando de filhas da puta!", "revoltante". João Paulo não entende nada do que se passa.

"Que menino do poste?"

"Não acredito que você não sabe."

"O menino que foi amarrado no poste."

"Amarrado no poste?"

"Como assim? Tá em tudo o que é site."

"No subúrbio do Rio."

"E amarraram a troco de quê?"

"Pô, onde é que você estava a tarde inteira que não sabe disso?"

"Dormi a tarde inteira. Só acordei pra tomar banho e vir aqui."

"É que o dia de ontem do Jotapê foi puxado pra caralho, não foi, Jotapezinho?", Boaventura sorri ironicamente para o amigo. "Tava precisando descansar mesmo..."

"Alguém pode me dizer o que houve, por favor?", fala João Paulo ao limpar os lábios com um guardanapo.

"Um garoto de uns quinze anos, um garoto de rua, foi preso com uma corrente a um poste de iluminação..."

"Cortaram a orelha dele?", pergunta João Paulo.

"Cortaram?!?!", se horroriza Boaventura.

"Como assim? Cortaram a orelha dele?", reage Lígia. "Sério? Que horror!"

"O Jotapê que falou!", Miro aponta para João Paulo.

"Não! Eu nem conheço a história. Eu só perguntei se cortaram a orelha dele!"

Por quanto tempo a história de Lorenzo ficou adormecida, escondida em alguma reentrância de seu cérebro?, João Paulo se espanta. Não há um padrão no intervalo entre uma lembrança e outra. De vez em quando, em meio a pensamentos diversos, se intrometendo em sonhos, na hora do banho, quando está trabalhando, no meio do supermercado escolhendo um pacote de biscoito, a imagem de Lorenzo cortando a orelha de Gilson com um canivete, o rosto de Gilson se retorcendo de dor, o grito, a convulsão do corpo em desespero e raiva, em momentos aleatórios, como se a imagem saltasse diante dos olhos de João Paulo, lembrando personagens de um trem fantasma. E logo depois ele se lembrava do medo de reencontrar Lorenzo, do tempo em que passou inventando dores para faltar à escola, dos sustos e sobressaltos que se tornaram companhia inseparável durante esses anos toda vez que encontrava alguém minimamente parecido com o torturador, alguém com o mesmo corte de cabelo subindo no ônibus, alguém vestindo as mesmas roupas nas festas na faculdade, alguém na mesa ao lado com a mesma voz, um cheiro qualquer que relembrasse o episódio. A presença da ausência de Lorenzo o acompanhou por duas décadas.

"Aí eu não sei. Que pergunta mais esquisita, Jotapê!", Boaventura retira João Paulo de suas memórias. "Eu só sei que deram muita porrada no moleque."

"Tinha dona de casa, trabalhador que passava e, pau!, descia o porrete no garoto. Uma coisa realmente... Nem sei, nem sei o que falar", o rosto de Lígia se contrai.

"A sorte é que alguém ligou pra polícia. Os caras chegaram e acabaram com a festa. Se demorassem mais acho que tinham matado o rapaz", Miro termina a frase e pega um bolinho de arroz. "Mas que porra de assunto, que bosta de semana, hein? Vamos falar sobre outra coisa, por favor."

"Pra quem há pouco tempo estava do lado das vidraças, eu acho que isso é uma evolução", provoca Lígia.

"Vai tomar no cu!", respondem ao mesmo tempo Boaventura e Miro, que atira um bolinho de arroz em direção à namorada. Lígia sorri.

Quando saem pela porta do bar, eles notam que a temperatura despencou nas horas em que passaram lá dentro. As orelhas de João Paulo ardem. Os quatro se despedem com beijos e abraços apressados, os corpos enrijecidos de frio, então somem na noite. Dentro do táxi, João Paulo pede ao motorista que feche as janelas. O condutor obedece e, intuindo que se trata de um cliente cheio de vontades, resolve baixar o volume do rádio a um nível quase inaudível.

"Se quiser, pode aumentar o som. É bacana. O que é isso?"

"Não sei. Mas é bom, não é? Gosto do balanço."

O taxista estala os dedos e sorri pelo retrovisor. Os dentes brancos saltam no escuro, como se fossem iluminados por luz negra.

"Ah, eu gosto de trabalhar à noite, viu?", inicia como se fosse uma resposta. "É mais tranquilo. A cidade fica mais calma, a cidade fica amiga, entendeu? Não tem aquela loucura de gente apressada indo para o trabalho, voltando pra casa, pegando filho na escola. A cidade é feita para a noite. O pessoal não sabe, mas a cidade é da noite. É quando os caras da rádio não precisam ficar soltando os jabás. O senhor sabe o que é jabá, não sabe?"

"Sim, sei sim. Claro."

"Então os caras tocam só música de primeira, entendeu?"

"Você poderia ter todas as músicas que você curte num CD com MP3. Ou num pen drive, num iPod, essas coisas. É mais fácil, não?"

"Ah, sim! Mas aí seriam as minhas músicas... Quero ouvir as músicas que os caras gostam. A turma que faz a programação da madrugada... Esses caras são foda! E sempre aparece uma surpresa, uma canção que você nunca mais tinha ouvido, entendeu? Aí, a gente fica animado: nem me lembrava dessa música e tal, entendeu?"

O táxi entra na Paulista e segue no rumo da Consolação. A avenida está imersa numa névoa que cria véus amarelados em volta das lâmpadas nos postes. A impressão é que basta um sopro para que toda a água se condense e caia no asfalto como se derramada de um balde. Os carros atravessam a madrugada ensimesmados, vidros erguidos, com seus ocupantes se abrigando do frio. Sob as marquises dos prédios, corpos se escondem em cobertores, embaixo de caixa de papelão, em trapos e folhas de jornal.

"Olha aí: Zizi Possi! Eu nem tenho disco da Zizi Possi, nunca compraria um CD dela. Aliás, eu nem gosto da Zizi Possi! Mas eu gosto dessa música, dessa música eu gosto. É meio cafoninha e tal, mas faz parte da nossa vida, entendeu? Fez sucesso, a gente se lembra de coisas boas quando ela toca, da época. Quando que eu, na minha vida, lembraria da Zizi Possi, de pôr uma música dela no meu tocador de MP3? Nunca!"

"Verdade, tem razão."

"E o senhor gosta de quê?"

"De tudo um pouco."

"É dos meus. De tudo um pouco. Eu só não gosto de rock pesado, rock pauleira, entendeu? Não consigo ouvir aquilo."

"Quem consegue?", João Paulo fala com os olhos nas calçadas e prédios que atravessam a janela.

O carro passa em frente ao Masp. Ainda se vislumbram os cacos das vitrines espalhados pelo passeio. João Paulo vê operários trabalharem na recuperação da fachada de um banco em andaimes que de longe parecem esqueletos, enquanto o motorista continua a falar. As faíscas cuspidas pela solda acendem a noite e os estalos de fogo e calor perfuram o ar frio. Mais adiante, o asfalto se recobre de uma crosta ondulada e irregular, como se tivesse derretido e endurecido após resfriar. Não se veem mais as faixas brancas que costumavam dividir a pista em corredores. A imensa jardineira e as plantas no canteiro central estão carbonizadas, e metade de um poste ao lado está coberta por um pó preto e fosco, um pedaço de carvão bruto no meio da mais importante avenida do país. Retiraram o que sobrou do carro incendiado, mas esqueceram de todo o resto. Horas atrás este lugar estava em chamas, balas de borracha zunindo de lá para cá, o gás queimando o ar, helicópteros como urubus com fachos de luz apontados para o solo, gritos de terror, angústia e raiva. Agora João Paulo atravessa o mesmo lugar conversando sobre música popular com o taxista para quem nada ao redor importa, nem a fuligem, nem as faíscas.

# 8.

O som da chave se encaixando na fechadura ressoa na madrugada e chama a atenção de Carolina Ela tira os olhos da tela do computador e ergue-os em direção à porta que se abre.

"Quer dizer que é assim? Primeiro dia em que eu fico em casa e a moça já chega a essa hora da noite?"

Luana joga a bolsa no sofá e se aproxima quase cambaleando com um sorriso sem forças até encostar a barriga na cabeça inclinada de sua mulher. Carolina inspira o cheiro quente e levemente doce do perfume impregnado no linho da camisa que Luana veste desde muito cedo.

"Como foi seu dia de desempregada, seu primeiro dia de desempregada?"

"Trabalhei, trabalhei... Nem te conto. Tá uma bagunça essa cidade! Você não viu a coletiva do secretário de Segurança?"

"Não. Hoje foi pesado, não tive tempo pra nada. Falaram alguma bobagem?"

"Os caras não sabem o que estão fazendo", Carolina gira o corpo e segura as pernas de Luana na altura do joelho. "E o seu dia?"

"Cansei... Tô morta! Esse happy hour com o pessoal da clínica me matou..."

"Estou avisando desde agora: amanhã a gente vai sair pra comemorar minha alforria! Hoje você tinha esse lance do trabalho, mas amanhã não tem desculpa! Não quero saber de cansaço, de choro, de não-sei-o-quê!"

"Amanhã, não, gata! Hoje! Já viu que horas são?"

"Tarde, né? Já vou pra cama. Tô só acabando um post."

"Não dá pra postar de manhã?"

"É rapidinho... Vai indo, toma um banho. Você já comeu? Tem pizza na geladeira. De calabresa."

Luana arrasta seu corpo com vagar em direção ao quarto.

"Pizza? Olha, Lina, desempregada eu até aguento. Mas gorda é foda!"

Carolina levanta o dedo médio para a esposa sem desgrudar os olhos da tela do computador.

**Postado por LinaLinda, em 21/06/2013**

**Prevendo o imprevisível**

Ainda me recuperando da leitura do artigo absolutamente escalafobético do Nelson Rocha, me vi ontem às seis da tarde no prédio da Secretaria de Segurança Pública do Estado de São Paulo para acompanhar a entrevista coletiva mais improvável que testemunhei nesses anos de jornalismo. Nelson Rocha deve ter vibrado com o que foi dito, talvez até tenha brifado o que foi dito. O comando da Polícia Militar e o secretário de Segurança qualificaram de exemplar o desempenho da corporação nos distúrbios. Não bastaram algumas perguntas incisivas de vários repórteres, muitos dos quais estavam presentes na Paulista e sofreram com os abusos da PM, não bastaram as centenas de vídeos postados nas redes sociais com cenas brutais de agressão fardada a manifestantes indefesos, não bastou sequer a notícia reproduzida várias vezes durante o dia da hospitalização do fotojornalista Marco Antônio Vieira, vítima de um tiro de bala de borracha no olho, nada disso foi suficiente para constranger os homens acomodados no palco do grande auditório.

Durante todo o dia de ontem, enquanto os portais e as redes sociais repercutiam as imagens e testemunhos da noite anterior, integrantes do movimento Irivir e diversos outros coletivos programavam uma nova manifestação para hoje, novamente na Paulista. Existe agora um componente que não existia nas manifestações anteriores: o repúdio à violência policial. Conversei com alguns dos líderes do Irivir, e eles temiam que o protesto contra a truculência da polícia se sobrepusesse às reivindicações que pautam as manifestações há semanas. Não é uma preocupação sem nexo. As imagens de jovens de classe média ensanguentados têm poder.

Juntando o que vi no prédio da Secretaria de Segurança Pública e ouvi nas conversas com manifestantes, prevejo algo que dá arrepios. Prevejo o imprevisível.

**Comentário 23 – Denise Habib**
Vai dar merda...

**Comentário 24 – Dina**
Já deu.

**Comentário 33 – Maria Ferrentini**
Interessante é que a Lina não tocou num ponto essencial. Essa polícia age assim o ano todo na periferia. Agora, basta um garo-

tinho de classe média levar um chega-pra-lá para que o mundo desabe! Tomara que a PM continue batendo em meninos brancos de classe média até que alguém tome uma decisão definitiva: acabar com essa aberração brasileira.

**Comentário 789 – LLF**

O problema é o movimento crítico ao modelo de transporte público se transformar em outra coisa. #Irivir #movimentoirivir

**Comentário 882 – Paulinho Nós**

É muita imbecilidade nessa caixa de comentário. Lina, bloqueia esses idiotas todos. Deixa só a galera esperta comentar aqui! Vinte centavos é o caralho! Passagem de graça pro estudante e pro trabalhador!

Quando Carolina desperta, vê o rosto de Luana a um palmo de distância, afundado no travesseiro velando seu sono. As duas se encaram por alguns segundos e começam a se comunicar com o piscar de olhos, uma pisca uma vez, a outra repete; uma pisca três vezes, a outra repete, uma piscada longa é respondida com uma longa que é treplicada com uma bem rápida.

"A senhorita dorme muito."

"Estou me adaptando ao desemprego. Ou melhor, ao cargo de chefe de mim mesma."

"Ótimo. Descanse mesmo. Não se esqueça que hoje tem balada. Você prometeu."

"Sim, senhora", Carolina gira o corpo até encaixar o vão das pernas na coxa esquerda da companheira e estender o tempo da preguiça. As duas se contorcem e flexionam os músculos adiando o momento de levantar da cama.

"Nem vou tomar café, vou direto pro consultório."

"Vou dar uma saída, então. Ver se como numa padaria."

"Essa moleza vai acabar, hein?"

Uma hora depois, Carolina está andando pelas ruas de Pinheiros e passando em frente ao Bar do Alemão, onde os funcionários abrem as mesas e cadeiras na calçada, arrumando o cenário para a hora do almoço. O sol aberto e o céu de um azul cristalino e sem nuvens enganam os mais desavisados, pois o frio continua. Carolina admira o movimento dos carros e caminhões, o vaivém das pessoas. Já passa das dez da manhã, e quem deveria estar no escritório, na escola ou na fábrica já está. Ao seu redor, perambulam os personagens matinais de sempre, a fauna ensolarada de todos os lugares. Carolina entra em uma padaria na esquina da Arthur de Azevedo com a João Moura. Algo estranho toma conta do ambiente e dela mesma, mas não demora muito para perceber que está faltando energia elétrica no salão.

"Estourou um disjuntor na caixa de luz, dona. Tá tudo apagado desde de manhãzinha. Ainda vai uma horinha pra consertar", fala o moço no caixa.

Carolina acena com a cabeça, enquanto dois empregados retiram iogurtes, requeijões e manteigas do freezer no fundo da padaria. Um senhor com cara de gerente abre caixas de papelão para ajudar os funcionários no transporte.

Carolina volta à calçada e segue em direção à Rebouças. Dois sem-teto estão sentados em uma mureta, tomando sol no outro lado da rua. Se estivessem vestidos decentemente, em vez de cobertos com trapos e cobertores, Carolina pensa, poderiam passar por senhores aposentados bem de vida. Os gestos largos, o desprendimento no argumentar e contra-argumentar, as inclinações de cabeça e contrações faciais não revelam sobre o que estão conversando, mas sobre como estão conversando. Sem diminuir o passo, Carolina conclui que a observação sobre os mendigos não faz o menor sentido, como se eles tivessem que obrigatoriamente conversar de um jeito distinto do que aquele em que falam. Carolina os acompanha de longe, imagina que estão papeando sobre futebol ou sobre cinema ou sobre política, tenta encaixar uma história naquelas bocas. No meio da fantasia, um deles intercepta seu olhar à distância e para de conversar. Logo o segundo mendigo também se cala e começa a observar Carolina. Os dois pares de olhos escuros acompanham os passos da jornalista como se fossem mira de rifle. Não é sempre que a jornalista se vê alvo de escrutínio. Normalmente é o contrário. O transe dura poucos instantes, até que o primeiro senhor tira um cigarro de algum lugar sob as camadas de panos imundos e o acende com um isqueiro, o outro cruza a perna esquerda sobre a direita, e os dois recomeçam o que haviam parado.

Depois de atravessar a Rebouças, Carolina segue pela Lorena até entrar na Consolação. Uma banca de jornais aparece no meio da calçada, deixando apenas meio metro de passeio para os pedestres. Logo adiante ela encontra uma cafeteria charmosa, com grandes janelões abertos e uma varanda na esquina. Na plaquinha de madeira ela lê Bule.

"Bom dia!"

"Bom dia! Um lugar?"

Ela sorri e segue Edu até uma pequena mesa ao fundo. Estica o olho para o espaço amplo que se abre em frente à calçada tomado de clientes. Antes de se sentar, pega os dois jornais que estavam sobre a bancada ao lado. Edu entrega o cardápio, sorri e vai até o balcão. Carolina passa a vista no menu, mas sua atenção é capturada pela imagem estampada de lado a lado de um garoto negro amarrado a um poste, com a cabeça encolhida entre os ombros e o braço direito para não ser reconhecido.

"Um suco de laranja, café preto e essa omelete de presunto com torradas."

"Água?"

"Sem gás, natural."

Edu recolhe o cardápio e troca um sorriso cordial com Carolina, que volta a atenção para os jornais. As fotos nas duas capas são praticamente idênticas. O menino envergonhado, vestindo um calção vermelho e nu da cintura para cima, enche o enquadramento, enquanto nas beiradas da imagem vemos joelhos e pernas de transeuntes que testemunhavam o espetáculo. As solas dos pés do garoto eram de um preto profundo e davam a impressão de ser recobertas por uma casca inviolável, como o couro de um hipopótamo. As canelas finas e longas estavam machucadas, com hematomas e lacerações, que também adornavam as costas e os ombros. Um fio de sangue descia da testa e se transformava em uma grande mancha disforme, como uma pincelada grosseira, no braço que encobria a cabeça.

Carolina deixa o jornal de lado com os olhos cheios d'água e dá um longo suspiro. Pensa em Bernardo, que havia permitido uma imagem dessas na primeira página, exposta nas bancas de todo o país, mas logo lembra que o jornal concorrente e o concorrente do concorrente também utilizaram o mesmo recurso — e talvez todos os outros jornais espalhados pelo Brasil inteiro. Talvez fosse ela que estivesse em descompasso com os tempos atuais. Talvez fosse ela...

Lá fora, um entregador passa de bicicleta na calçada do outro lado da rua, cruzando com um carteiro. Duas crianças entram no café, pelo acesso da varanda, seguidas pelo que Carolina presume ser o pai. Elas falam alto e sorriem enquanto atravessam o salão e passam pela jornalista até se acomodar em uma mesa logo atrás.

Uma garçonete traz na bandeja o café da manhã de Carolina. Ela agradece, dá um gole no suco e pensa na manifestação programada para a tarde, novamente na avenida Paulista. Os garotos da mesa logo atrás conversam alto sobre personagens de desenhos animados que ela não conhece. A omelete está quente, um fio de vapor escapa no primeiro pedaço, e nem a língua queimada consegue afugentar da cabeça de Carolina a imagem do menino amarrado ao poste.

A última garfada a faz pensar em Marcão. Acha o celular na bolsa e liga para seu amigo fotógrafo. As notícias são boas. A dor ainda é intensa, mas nenhuma estrutura importante foi comprometida. Córnea, cristalino, íris, tudo em ordem. Em breve ele já vai poder voltar a fotografar, a jogar futebol e a beber com os colegas.

"Vou precisar do seu talento pro meu blog."

"Tô sabendo. Você saiu mesmo? Corajosa, a moça."

"Saí, Marcão. Agora sou eu sozinha no mundo."

"E que tal?"

"Meio apavorante. Mas essa semana o blog quadruplicou o número de acessos. Uns contratinhos de publicidade que já estavam em negociação fecharam patrocínio. Por incrível que pareça, escolhi um bom momento pra sair do jornal. As manifestações estão dando um gás no meu novo projeto", ela fala sorrindo, enrolando os cachos escuros de cabelo. "E quanto mais a polícia bate, mais gente visita o blog."

"Porra! Que desçam o cacete, então! Bala nos olhos dos fotógrafos todos!"

Os dois gargalham.

"Você é louco, Marcão!"

Ainda conversam sobre o garoto amarrado ao poste, e se despedem prometendo se encontrar em breve, o que deixa Carolina feliz e animada. Após pagar a conta e terminar o segundo café, Carolina encaderna de novo os jornais e os devolve à mesinha de onde os pegara, tomando o cuidado de virar ambas as capas para baixo. Não queria que as duas crianças na mesa ao lado vissem a foto que ilustrava as manchetes.

João Paulo desce do táxi em uma rua do bairro do Itaim Bibi. Ajeita as calças, aperta o cinto e o olhar encontra seu reflexo na vitrine de uma loja de bolsas. Fica feliz porque a jaqueta ajuda a encobrir o abdome um pouco saliente. Ergue a cabeça, abre os ombros e, pronto, a barriga não está mais lá. João Paulo atravessa a rua e entra em um prédio pela enorme porta giratória sob um arco neoclássico. Ao lado direito do saguão, atrás de uma bancada revestida de granito, as três garotas da recepção sorriem ao vê-lo chegar. Um comportamento ensaiado.

"Bom dia! Boa tarde, aliás... Poderia falar para o Igor que..."

A moça do meio nem espera João Paulo terminar de falar e já pega o telefone informando sua chegada à secretária do diretor de criação.

"Pode subir. Sala dois, segundo andar", responde a recepcionista do meio com o mesmo sorriso plastificado. Ele olha para as garotas ao lado, que mostram os dentes ao mesmo tempo, como robôs felizes em um filme de ficção científica.

A sala está vazia. Uma mesa branca no centro cercada por cadeiras da mesma cor provoca uma sensação estranhamente familiar. Dependendo de que parte seja enquadrada por seu olhar, ele se vê em uma daquelas celas almofadadas de manicômio ou em um cenário de *2001, Uma Odisseia no Espaço*. O ar é seco e, à medida que João Paulo se dirige à cadeira para se sentar e esperar, ele se imagina entrando mais e mais em um imenso guarda-roupa vazio que passou anos com suas portas fechadas. Mal se acomoda na ponta da mesa, Igor entra no recinto.

"Puta que pariu, que cheiro é esse? Cheiro de morte!", e se dirigindo a João Paulo continua: "Fala, Jotinha! Como vai essa força?".

Atrás dele entram Gustavo, o diretor de atendimento da conta, e outro cara meio gordinho, de óculos grandes, vestindo um blazer escuro. Os dois o cumprimentam amistosamente.

"Deixa eu ligar logo esse ar-condicionado... Cadê o controle?"

O gordinho de blazer pega o controle e liga o ar-condicionado.

"Beleza", fala Igor. "É só ouvir o ar ligando que a sala já fica mais cheirosa."

Igor continua a falar, alegre e solto como alguém que ganha muito bem. Essa era uma piada que os dois, João Paulo e Igor, compartilhavam desde que o primeiro havia trocado a segurança de um salário fixo no final do mês pela vida de freelancer e que o segundo, na mesma época, fora catapultado à posição de diretor de criação de uma das maiores agências do país.

"Cara, vamos falar de trabalho e depois a gente tira um tempo pra falar mal da vida alheia, beleza? A gente recebeu a campanha, os filmes, os anúncios, tudo muito bom. Era isso que a gente queria. Sem muita frescura, direto, com aquela cara do Banco do Brasil que a gente conhece, banco estatal, mas com uma pegada de banco privado. Tudo certo, ótimo!"

Os outros dois apenas balançam a cabeça positivamente, fazendo João Paulo se lembrar daqueles cachorros com pescoço de mola que enfeitam painéis de táxis.

"Mas...! Mas...!", Igor alonga a conjunção e continua. "Mas a gente tava conversando aqui ontem, nós três e o Carlão... Você conhece o Carlão, o VP de criação?"

"Claro, trabalhei com ele uns três, quatro anos na..."

"Ah, é verdade! Foi mal, já deve ser a porra do Alzheimer chegando. Enfim... A gente achou que tem um lance novo aí que não podemos deixar de contemplar na criação da campanha."

"Quer dizer que a que eu fiz já era, morreu?"

"Não, não...", Igor responde prontamente. "O trabalho que você entregou está perfeito. Vai ser apresentado. É o que os caras estão esperando. Mas a gente acha que nesses últimos dias a coisa toda deu uma virada, e que a gente precisa criar outra campanha."

"Vocês estão revolucionando a profissão como a conhecemos, hein?", provoca João Paulo. "Se entregando o que os caras querem já é difícil aprovar, imagina dando o que eles não pediram. Mas, tudo bem, sem problema. Só tem o lance da grana..."

"Sim, claro, fica tranquilo. A gente conversa."

Gustavo e o gordinho de blazer escuro continuam concordando com tudo. Igor se ajeita na cadeira, joga os óculos sobre a mesa e começa a falar enquanto esfrega as pálpebras com os dedos.

"A gente precisa dar uma pincelada sobre o que está acontecendo no país. Essas manifestações, essa galera nova indo pra rua, esse descontentamento... Viu que a aprovação do governo despencou? Perderam vinte pontos desde a última pesquisa um mês atrás, cara. Tá todo mundo desnorteado."

João Paulo mira seus três interlocutores, olhos arregalados em busca de mais detalhes.

"Anteontem deu mais de cem mil pessoas nas ruas de São Paulo; desde os caras-pintadas não se via nada parecido. Hoje tem outra movimentação, e não só aqui: no Rio, no Nordeste, em Brasília, no interior...", fala o gordinho de blazer inclinando o corpo para a frente e se apoiando na mesa com os cotovelos.

"Sim, tô sabendo. Mas os caras estão na rua por causa do aumento nas passagens de ônibus. O que o Banco do Brasil tem a ver com isso?"

"Também não sabemos", Igor se reclina na cadeira, impotente, com um riso cansado no rosto. "Mas é algo que temos que olhar com carinho."

"É importante para o governo dar alguma resposta para esses caras que estão nas ruas. E essa campanha é uma ótima oportunidade", completou o gordinho de blazer escuro. "O governo tá encurralado, ninguém sabe no que isso vai dar, tá todo mundo apavorado. Se chegarmos com algo que responda a isso, vamos marcar um golaço. No mínimo, a gente vai mostrar que está procurando antecipar movimentos. E isso conta muito lá dentro."

"Sim, mas voltando à pergunta anterior... O que o banco tem a ver com isso? Tenho que começar a trabalhar de algum lugar e não vejo onde."

"O Lucas vai dar um jeito nisso", responde Igor.

"Quem é Lucas?"

O gordinho de blazer levanta a mão.

"Mas a gente queria que você também pensasse nisso, Jotinha. Sei que não é parte do seu trabalho, mas ajudaria. O Lucas, eu, o Gustavo, todo mundo tá meio que trabalhando para arredondar algum ponto de partida. O Carlão também está dando um gás..."

João Paulo descansa o corpo no espaldar da cadeira, suspira e sorri enquanto solta o ar dos pulmões. "Vocês é que mandam, camaradas. Não tenho a menor ideia de onde isso vai dar, mas se vocês querem uma campanha assim, eu também quero. E se quisessem outra, eu também quereria. É só pagar!"

Igor abre um sorriso. "Ah, meu mercenário favorito!"

Uma garota com uniforme de copeira surge trazendo uma bandeja com água com os olhos mirando o chão. Serve os quatro homens ao redor da mesa e sai da sala como entrou, em silêncio. Os quatro conversam mais alguns minutos sobre os próximos passos até que o assunto pareça menos nebuloso.

"Então é isso, não é, putada? Vamos trabalhando... Jota, a gente vai se falando."

Gustavo e Lucas se levantam rapidamente e cumprimentam João Paulo. Igor já de pé tenta um alongamento com as mãos se encontrando nas costas, enquanto seus dois colegas deixam a sala branca.

"Tá ligado que o Barcelos largou tudo pra ser chef de cozinha?", perguntou Igor com a voz distorcida pelos músculos que se alongam comprimindo o peito. "Te conto o lance no almoço. Topa?" E continua histriônico "Tá todo mundo muito louco, Jotinha! Todo mundo muito louco..."

Os dois saem da cela branca, tomam o rumo do elevador enquanto o celular de João Paulo vibra anunciando uma mensagem.

Tudo bem, JP?

Era Lígia. Delígia.

# 9.

O sol já se pôs há algum tempo e João Paulo caminha em frente ao Bule carregando um saco plástico que contém um fardo de papel higiênico, duas cartelas de pilha AAA para o controle remoto da tevê, quatro pacotes de preservativos e um pote com veneno para formiga. Ele olha através do janelão aberto vasculhando o interior do café até descobrir Lígia sentada na mesa ao lado do balcão. Ela sorri e vem ao seu encontro. Beijos no rosto, e os dois passam a andar lado a lado pela calçada.

"Tenho que deixar essas compras lá em casa."

"Sem problema. Aproveito e conheço o lugar."

"A gente podia ter combinado mais tarde, né? Saí de manhã pra ir na agência, depois tive um almoço com o Igor que durou quase até agora. Conhece o Igor?"

"Conheço sim. Bacana ele. Seis horas de almoço? No meio da semana? Estou impressionada!"

"Por isso que a gente podia ter se encontrado mais tarde. Tô meio largado."

"Relaxa. Eu também não tomei banho."

O saco plástico cai da cama espalhando todo o conteúdo pelo chão no momento em que os dois corpos se deitam extenuados sobre os lençóis.

"Putz, olha a bagunça!"

"É só bobagem. Papel higiênico, essas coisas...", diz João Paulo, sussurrando as palavras entrecortadas pelo peito ofegante.

Os dois respiram fundo fazendo barulho, buscando o ar que parece rarefeito.

"Posso te falar uma coisa?"

"Fala."

"Você é a melhor trepada da minha vida!"

João Paulo gargalha, tosse, gargalha e volta a tossir.

"Você deve dizer isso pra todo mundo. Que filha da puta!"

"Digo mesmo!"

Ele olha para ela, com um sorriso incrédulo no rosto. "Que cara-de-pau!"

"Mas com você é de verdade."

João Paulo balança a cabeça. "Ah, Delígia, você não vale nada, isso sim!" E logo depois joga sua perna direita sobre a perna esquerda dela por alguns minutos, trocando calores e recuperando a energia. Lígia se senta na cama e veste a camiseta de João Paulo. Antes de se levantar, cata as coisas no chão e joga tudo dentro da sacola de plástico.

"Aqui tem formiga?"

"Não tinha. Mas agora vai voltar a não ter."

"Tem alguma coisa pra beber?"

"Olha, tem vinho ali na cozinha. Mas a gente podia fazer o que tínhamos planejado antes: sair pra tomar alguma coisa. O que você acha?"

"Ah, não, preguiça. E daqui a pouco eu vou querer dar de novo."

Ela se levanta, veste a calcinha e vai até a cozinha. Como se fosse uma convidada frequente, não demora muito para descobrir onde estão o abridor e o vinho.

"Que barulho é esse?"

"Ah… Isso aí são os helicópteros!"

"Vizinhança chique."

"Olha, a vizinhança é bem fresca até, mas esses helicópteros aí são de televisão, da polícia, sei lá de quem mais."

"Manifestação?"

"É. Agora tem todo dia."

Lígia enfia o espiral de metal na cortiça como faca quente na manteiga e retira a rolha do gargalo facilmente. Lambe nos dedos as gotas de vinho que espirraram.

"Delígia…Você sabia que te chamam de Delígia?"

"Sim", ela sorri. "Eu que me dei esse apelido!"

"Jura?"

"Sim!"

Ela volta com duas taças cheias. Entrega uma para João Paulo e toma metade da outra em um só gole antes de deixá-la sobre o criado-mudo ao lado.

"E o Miro?"

"Tá em casa."

"Cês tão acabando?"

"O quê? O namoro? Imagina. Tá ótimo."

"E você aqui trepando comigo?"

"Hum-hum", responde Lígia. "Ele sabe que a gente está aqui."

"Como é que é?" O vinho chacoalha como um mar na ressaca dentro da taça.

"Ele sabe que a gente ia se ver e tal, tomar um drinque, bater papo."

"Mas ele não sabia que você viria aqui... pra casa!", afirma João Paulo, mas na verdade a sentença sai de sua boca como uma pergunta.

"Ah, sabe sim. É por isso que funciona, inclusive. E você? Tá saindo com alguém?"

Ele se senta de pernas cruzadas na cama, desnorteado pela facilidade como Delígia o deixa constrangido ou, ainda, desnorteado pela naturalidade com que ela não se constrange. Dá mais um gole no vinho. "Como assim, Lígia? E como eu faço quando encontrar com ele no bar, numa festa, sei lá, na padaria? O cara sabe que eu comi a namorada dele!"

"Não me envergonhe, Jotapê. Caretice numa hora dessas? Ele vai tirar onda! Provavelmente vai chegar junto e falar no seu ouvido algo do tipo 'o filho da puta comeu a minha namorada e agora tá aqui me cumprimentando'."

"Não acredito!", o queixo de João Paulo pende sem vida.

"Brincadeira", Lígia descansa as costas no travesseiro apoiado na parede. "O Miro jamais faria isso. Finja que não aconteceu nada. É assim que funciona."

João Paulo se levanta, pega o saco plástico e vai meio cabisbaixo ao banheiro. "Velho, que loucura..."

Quando retorna, Lígia está deitada; a tela do celular ilumina o rosto branco, cheio de sardas, incrustado por dois olhos pretos brilhantes. "Você conhece a LinaLinda?", ela pergunta.

"Conheço o blog dela, por quê?"

"Tava lendo um texto dela aqui sobre o garoto que foi amarrado ao poste."

"Gosto muito do que ela escreve."

"Ela é gente finíssima."

"Conhece ela?"

"Bastante..." Lígia suspira. "Bastante."

"Quem você não pegou, Delígia? O papa? Quem mais?"

"E a vadia depois me trocou por um cara, acredita? Que vagabunda!"

"Só melhora essa história, só melhora... Conte-me mais!"

Esvaziam as taças e se beijam bebendo o vinho que enverniza a língua e a boca do outro.

As duas mulheres descem do táxi numa rua na Vila Madalena. O sedã se distancia, com o ruído do motor se dissolvendo até se misturar ao silêncio da noite. Os bares estão lotados, mas as ruas estão vazias e caladas. Dentro do boteco que evoca os bares do Rio de Janeiro, Carolina tem a impressão de que os homens e mulheres que ali estão não se sentiam à vontade em suas casas e saíram em busca de qualquer par de olhos ou sorriso amistoso, qualquer aceno de que tudo está em ordem. Ela se lembra de quando faltava energia em casa na sua infância, e seus pais, sua avó e Neuma, a empregada que trabalhou para sua família durante anos, se reuniam ao redor de uma vela na sala, mesmo que fosse para ficarem calados. O sentimento era o mesmo. Nessa noite extraordinária, Carolina e Luana entram pela porta de madeira escura e se acomodam no balcão do bar, encostando seus corpos na pedra de mármore branca. Agora todas as mesas estão ocupadas e, em cada uma delas, uma vela imaginária queima ao centro.

"Olha o teu rosto...", diz Luana. "Você tá parecendo um zumbi!"

Carolina levanta o dedo e pede dois chopes.

"Mas OK, eu também não queria ficar em casa". Luana checa o celular e guarda o aparelho na bolsa. "O mundo está desabando, e se esconder em casa não adianta muita coisa, não é mesmo?"

Carolina sorri, cansada.

"Então, como foi?"

O garçom chega com a bandeja repleta de copos de chope, serve um para cada uma e segue o itinerário. Carolina dá o primeiro gole e deixa o colarinho se desmanchar no lábio superior. Luana repete o ritual. O ar abafado e morno parece ter efeito sobre os clientes. As conversas se misturam na atmosfera, invadem as mesas vizinhas e ricocheteiam na parede de azulejos brancos com uma vibração sem força, indo ao piso de madeira como um avião de papel incapaz de planar. O garçom chega até a parede oposta do bar, lá no fundo, antes de Carolina começar a falar.

"Uma loucura..." Ela olha para o infinito. "Uma loucura." Passa a mão no rosto tentando organizar as ideias antes de continuar. "Não há mais movimento. Não tem mais o Irivir. Acabou. A coisa toda cresceu demais. Os caras foram soterrados, não se fala mais em transporte público, ninguém mais quer saber de vinte centavos."

"Que coisa cresceu? Quem foi soterrado?", pergunta Luana com um leve tom de impaciência.

"As pessoas estão na rua, muito mais gente do que..." Carolina saca o isqueiro. "Eu tenho que fumar, sério", diz Carolina com um sorriso apreensivo. "Vamos lá fora?"

As duas deixam as bolsas sobre os bancos altos no balcão e saem, levando o olhar de boa parte dos homens. Carolina com seu cabelo preto encaracolado, as pernas revestidas pela calça jeans justa, e Luana com o longo cabelo castanho-claro até o meio das costas retas que descem até a saia de couro preto. A porta se fecha às costas do casal, e o silêncio e o ar congelante são quebrados pela fumaça de cigarro e a excitação de Carolina. As duas conversam na calçada enquanto poucos carros passam pela rua. Os olhos acesos da jornalista, as mãos desenhando arcos frenéticos no ar, deixando o rastro luminoso da brasa decalcado no espaço... Se o mundo estava realmente desabando, qualquer um que visse a cena aceitaria sem questionamento que naquele momento, com gestos curtos e nervosos, as duas mulheres faziam parte dos preparativos para o colapso final.

"O movimento, o Irivir, o movimento dos vinte centavos, foi engolido. Tinha muita gente na rua, gente vindo da Faria Lima, gente saindo da Paulista em direção ao centro. Eu não consegui falar com ninguém do movimento."

"E virou o quê? Micareta? Carnaval fora de época?"

"Não... Não sei o que virou; sei que não tem muito mais a ver com transporte público. Muita gente carregando cartaz contra a violência da PM, um pessoal protestando contra os gastos da Copa no ano que vem, gente querendo derrubar o governador, invadir o Congresso, tinha uns meninos querendo o reconhecimento do Estado Palestino..."

"Pelo fim do embargo a Cuba? Tinha que ter alguém, é um clássico."

"Sim, e contra a cubanização do Brasil também."

"O mundo gira, gira, gira e volta ao mesmo lugar."

"Lembra da Fernanda? A Fernandinha Leme, que cobriu as eleições na Venezuela comigo? Ela estava lá no centro, perto da Roosevelt. Disse que a PM entrou chapando contra a multidão: bala de borracha, gás. Ela vai escrever no blog amanhã."

Luana enfia as mãos nos bolsos da saia de couro levantando os ombros para se proteger do frio.

"Vamos pra dentro?", pergunta Carolina.

"Termina aí."

Carolina dá uma última tragada, apaga o cigarro no poste ao lado e joga a bituca no lixo. Luana puxa a namorada pela mão.

"E agora?"

"Agora? Quem sabe?"

Outra rodada de chope. Uma mesa com três rapazes busca estabelecer algum contato com as duas mulheres no balcão. Os olhares invasivos e sondadores que tentam interceptar os olhares femininos dão lugar aos primeiros sorrisos. Logo, logo, será a hora dos primeiros guardanapos com recadinhos. Luana e Carolina sabem onde isso vai terminar e decidem encerrar o assunto com um leve beijo na boca. Os três rapazes se espantam para logo depois se derreterem numa mistura de desapontamento com excitação.

"Punheteiros...", sussurra Luana enquanto Carolina levanta o copo de chope em direção aos três rapazes que de pronto, refeitos, já calibram a mira e trocam de alvo.

Uma mensagem salta no celular de Luana.

"O Levi e o Wolf estão no Urbe. Estão chamando a gente. Vamos?"

"Você não está cansada?"

"Faz tempo que eu não vejo os meninos. Vai ser bacana."

Luana faz sinal para fechar a conta e Carolina pede um táxi pelo aplicativo.

"A gente dá a volta por baixo da Paulista e cruza ali na Ministro. Ir pela Rebouças e Consolação, depois da bagunça de hoje, melhor não."

Quando a casa noturna Urbe se instalou na Augusta no começo do terceiro milênio, a rua ainda não tinha experimentado o boom dos clubes de rock alternativo e dos bares moderninhos. Ainda não havia o Floor #43, o Querosene, o Dallas. Naquela época, a região era apenas uma versão paulistana dos logradouros de zonas portuárias repletos de prostíbulos de quinta categoria, hotéis de quartos com paredes descascadas e ventiladores no teto, e bares onde se vendiam conhaque barato e cocaína adulterada. Doze anos após a inauguração, seis anos após seu auge, quando sua famosa pista octogonal era frequentada por artistas internacionais em turnê pelo país e modelos brasileiras mundialmente famosas, o Urbe permanece em pé, aberto seis noites por semana, graças a um séquito fiel que o mantém saudável do ponto de vista financeiro a ponto de sobreviver a várias investidas do mercado imobiliário. O enorme neon com o nome do clube sobre a fachada imprime um azul radioativo na calçada quando Carolina e Luana descem do táxi. Nem o tratamento acústico, que custou muitos milhares de reais, impede que o som da pista de dança chegue a seus ouvidos.

"Coragem, garota!"

"Não preciso de coragem", respondeu Carolina com um sorriso, "preciso da minha adolescência de volta."

Ninguém poderia dizer que horas atrás, a algumas quadras dali, se instalou um cenário de guerra civil. Na névoa que cobria a luz dos postes e dos carros com véus elétricos, a fauna da madrugada retomava o espaço que sempre lhe coube, como um exército que se encolhera numa retirada estratégica apenas para retornar com força redobrada. Casais de namorados, grupos de jovens arruaceiros, velhas prostitutas, garçons em fim de expediente, garotas com cabelos coloridos andando em pares e bêbados cruzam caminhos na calçada e no outro lado da rua, com aquela indiferença comum tanto aos que nunca se viram como aos que já se conhecem de longa data e acham desnecessários cumprimentos e perguntas sobre o tempo e a vida. Saindo da esquina e subindo em direção à Paulista, uma viatura da polícia faz sua ronda rotineira sem sequer assustar o cachorro que mija no poste a poucos metros.

Carolina e Luana e são recebidas por uma avalanche de decibéis ao entrar pela porta escura que dá acesso ao clube. Antes que os olhos se acostumem com a escuridão, o gelo seco infla os pulmões e resgata memórias há muito escondidas em lugares mal iluminados na cabeça. O Urbe, porra... Ainda desorientada pelo som, Carolina se pergunta como é que elas puderam algum dia frequentar aquele lugar ou quando exatamente ele deixou de ser seu destino preferido nas noites de quinta a sábado para ser trocado pela coleção de canais pagos disponíveis na tevê a cabo.

O casal passa pelo caixa, recebe suas cartelas com quadradinhos para marcar os drinques da noite e adentra o pequeno corredor escuro com mesas redondas e sofás espaçosos onde corpos se amontoam. Ao longo da passagem, encostados nas paredes, os vultos se misturam às sombras projetadas no forro de veludo roxo que se ergue até o teto — o movimento ondulado e fluido lembra vagamente cobras se entrelaçando num serpentário. Levi e Wolf não estão ali. Devem estar na pista, pensa Carolina.

Logo adiante, o corredor se abre em um grande átrio, com o piso iluminado sob os pés de dezenas de corpos em transe; as placas coloridas de um metro quadrado ora se acendem de vermelho, ora de azul, ora de verde. Nada mudou desde que as duas estiveram ali pela última vez no octógono do Urbe. Anos se passaram, mas a cabine do DJ continua no lado oposto ao do corredor, uns dois metros acima do chão, como se fosse a sala de controle de uma nave espacial, e os camarotes se escondem atrás de vidros escuros no mezanino. O bar onde Carolina pega uma cerveja também não saiu do lugar. As duas mulheres se entreolham e Luana enfia os indicadores nos ouvidos num chiste infantil. Carolina sorri, com uma expressão de dor enrugando o rosto: as batidas do som são como desfibriladores.

Luana começa a dançar com as mãos para o alto e jogando o cabelo para trás. A cabeça pende de um lado para o outro, num vaivém sinuoso; o quadril quebrando para a direita e para a esquerda lenta e alternadamente, de olhos fechados como se estivesse sob efeito de alguma droga. Carolina sorri. Luana abre os olhos e morde o lábio inferior. Agora, desce devagar, em frente à namorada, rebolando até o chão, enquanto desliza o indicador direito com delicadeza entre os dois seios de Carolina e pelo umbigo, terminando o movimento de cócoras — a saia de couro esgarçada nas coxas —, e com o dedo na boca, como uma dançarina profissional. Ela gargalha, mostrando os dentes brancos ainda mais brancos sob a luz negra. Carolina puxa a namorada e a beija com força antes de estapeá-la de leve no rosto, um "tapa técnico", como elas costumam falar.

Cruzam o octógono de mãos dadas atrás de Levi e Wolf ainda rindo da encenação anterior. Idiotas... Mandam mensagem e somem! Por alguns minutos procuram em vão o casal de amigos se infiltrando entre homens e mulheres na pista de dança. Luana imagina esse cenário sem o som, em silêncio absoluto: corpos coordenados pelo vazio, e abre um sorriso.

Já no balcão do bar ao lado da pista, Luana conta sua ideia para Carolina. As duas tapam os ouvidos e tentam abstrair todo o barulho da pista diante dos seus olhos: as luzes do piso, o gelo seco se entremeando pelas pessoas em movimentos aleatórios, que mais parecem involuntários. Todos seguem um ritmo, embora o ritmo de cada uma não seja exatamente igual ao do dançarino ao seu lado. E as coreografias... Braços, pernas e quadris são protagonistas ou coadjuvantes dependendo de quem se observa. Há os bêbados, também, com um copo de uísque com energético na mão. Parados, semimortos, olhos baixos e membros relaxados, são os que mais parecem à vontade no silêncio de Luana e Carolina. Que ridículo e interessante é o ser humano.

Carolina dá um gole numa long neck enquanto ri da namorada com as palmas das mãos nas orelhas. Ri da garota magrela que namora, e do quão felizes elas são juntas. Ri das ideias malucas de Luana, das suas invenções. Luana bem que poderia ser escritora, atriz ou humorista, pensa Carolina. Mas ela é a rainha das vaginas. Isso é o que Luana faz para viver, investiga vaginas, suas mucosas, suas reentrâncias, as paredes, os odores, os caldos e tudo mais. Carolina leva a garrafa à boca e se sente com sorte.

"O que foi?"

"O quê?"

"Você está rindo do quê?", grita Luana.

Carolina beija a namorada.

"Manda uma mensagem pra esses escrotos!"

"Mandei, já mandei!", grita Carolina, "mas duvido que eles vejam."

Quando as duas saem da boate meia hora depois, o som ainda está em níveis incompatíveis com a vida humana. Elas se reencontram com aquela sensação familiar de surdez momentânea, uma espécie de silêncio abafado que lentamente dá lugar ao barulho cristalino da madrugada na rua. Uma gata que mia em lugar ignorado, um micro system com caixas acústicas estouradas tocando na calçada em frente a um boteco, pessoas que passam em meio a gargalhadas e conversas em voz alta. Carolina leva o cigarro recém-aceso à boca iluminada pelo neon do letreiro.

"Deve ter um táxi na esquina."

Carolina grunhe um sinal positivo — os pulmões ainda cheios de fumaça —, e de mãos dadas com Luana segue em busca de uma condução. Ao passar por uma lixeira, Carolina dá uma última tragada fazendo cara de nojo. "Já chega!"

A névoa já se dissipou e o céu é de um azul-escuro e uniforme. O firmamento parece uma placa sólida deitada sobre a cidade. Elas sobem em direção à Paulista se deixando levar pela agitação da rua que vai dando seus primeiros sinais de cansaço. Mais do que o gelo seco, as luzes e a música do Urbe, são esses passos a essa hora quando ainda não se sabe se a manhã está perto ou longe, quando as duas conversam sem olhar nos olhos, que lembram que o tempo nunca para. São anos e anos de calçadas palmilhadas lado a lado, cruzando com caminhões de lixo seguidos por lixeiros animados e barulhentos, passando ao largo de garçons que encharcam o passeio com água da lavagem de salões e banheiros de bares e restaurantes. Carolina podia jurar que passou metade da vida andando de mãos dadas com Luana pela madrugada.

Luana se inclina para a namorada, como se estivesse pensando a mesma coisa.

"Não tem mais táxi nessa cidade... Vou pedir pelo aplicativo, vai."

"Você tá cansada?"

"Não", responde Luana já com o celular na mão.

"Vamos a pé então: a noite tá bonita, as pessoas estão na rua."

"OK. Você é que estava cansada, lembra?"

"Relaxa... Ainda vou te comer hoje!"

Luana gargalha. "Claro."

As janelas nas sobrelojas estão abertas, ainda recebendo casais para uma sessão de amor pago. É aquela hora em que é tarde demais para dizer que tem a noite toda pela frente e muito cedo para admitir que já é o dia seguinte. Um Peugeot passa com o sistema de som explodindo um tecno genérico, enquanto seus ocupantes projetam o tronco para fora do carro. Nenhum deles tem mais de 20 anos, a tirar pelas marcas de espinhas nos rostos oleosos e os bonés com aba para trás. Os olhos cansados, rodeados por olheiras, permanecem abertos e injetados quase saltando da órbita por força do álcool com energético ou outra substância excitante qualquer.

"E aí, gatas! Cês não tão precisando de piroca, não?"

"É! Cacete, pau, caralho!"

"Aê, sapas! Amo vocês! Vocês tão certas! O lance é boceta mesmo, porra!", grita um terceiro que enfia a cabeça pela janela de trás. Os outros dois se irritam e distribuem tapas e safanões no amigo.

"Porra, Cadão! Não fode!"

Carolina e Luana olham para a cena esboçando um leve sorriso e observam o carro arrancar e sumir na Augusta junto com sua música infernal. Decidem pegar a Haddock Lobo para comer alguma coisa na Bella Paulista, e logo depois cruzar a Paulista no rumo de casa para dormirem de barriga cheia. Ao chegarem na Fernando de Albuquerque, entram à direita e começam a subir a ladeira na direção da Haddock. À medida que seguem quarteirão adentro, entram também na quietude da noite alta, deixando para trás a luminosidade da Augusta.

Três rapazes conversam na calçada em frente a um boteco com as portas de metal arriadas à meia altura. Estão bêbados demais para se atentar a algo que não fossem suas vozes pastosas. As duas garotas passam ao lado do grupo, concentradas apenas no caminho adiante. Ao fundo, já se veem os carros entrando na Haddock Lobo e silhuetas de pessoas voltando a pé para casa depois de uma noite de farra.

Os bêbados continuam se equilibrando uns nos outros com muito esforço, cuspindo palavras em câmera lenta, rindo de bobagens sem sentido. O dono do boteco sai do estabelecimento, empurra a porta retrátil para baixo, provocando um estrondo. A chave entra no cadeado lacrando o estabelecimento até a manhã, quando será reaberto. O homem acena para os três clientes e desce a rua caminhando para a Augusta.

Já no meio do quarteirão, Carolina solta a mão da namorada para ajeitar o cinto da calça que está incomodando enquanto Luana ajusta a saia de couro na cintura. Já se perdem em pensamentos sobre o que comer na padaria, o que fazer amanhã, ao meio-dia, quando acordarem. Não notam nada até o penúltimo segundo. Naquela fração imensurável de tempo se chocam tanto o pressentimento do que está por acontecer quanto a certeza de que nada do que façam será capaz de evitar o que já está definido. Quando o corpo de Luana é jogado para dentro do beco escuro que se abre ao lado da calçada, Carolina só tem tempo de lamentar por não ter se preparado para isso. Onde ela estava com a cabeça que não percebeu o perigo?

Os três bêbados debatem em frente ao bar fechado, ignorando o que ocorre apenas alguns passos rua acima. A garrafa de conhaque se espatifa no chão, ao lado do meio-fio, deixando a bebida escoar pela rua, e eles ficam lá a discutir de quem é a culpa pelo acidente, você sabe quanto custa uma garrafa dessa?; porra, e agora, onde a gente vai arrumar outra garrafa a essa hora?; vamos ali no bar do Oziel que eu tenho uma conta; ah, o Oziel já fechou faz tempo, já é quase de manhã; que nada, ainda é meia-noite; que meia-noite, Zé, você tá bem chapado, não pode mais beber; é meia-noite, rapaz, no máximo uma, o Oziel ainda tá aberto. Os rapazes discutem desordenadamente ao mesmo tempo que se viram para a Augusta, que parece o caminho lógico a fazer ou, pelo menos, o caminho natural imposto pela inclinação da rua e pela gravidade.

Luana rola pelo chão encolhida, a cabeça entre os braços, enquanto um soco no estômago impede Carolina de gritar por ajuda. Os músculos do abdômen se contraem e os pulmões não sabem se devem puxar ou jogar o ar pelas narinas. Da boca sai apenas um líquido amarelado viscoso que se pendura no lábio inferior. O chão gira. Daqui a pouco é o céu que passa diante de seus olhos: os prédios inclinados, com suas janelas apagadas. Luana, Luana, Luana, pensa, como se quisesse agarrá-la e protegê-la, mas da namorada ela só ouve um gemido abafado, o som do tecido fino e elástico da meia-calça sendo rasgada.

"Vou mostrar pra vocês pra que serve isso aí que vocês têm entre as pernas."

"Cala a boca senão eu acabo com você, putinha!"

"Que desperdício... Duas moças tão bonitas!"

"Hoje você vai conhecer um macho de verdade..."

Carolina cai com a face colada no pavimento de paralelepípedos, golfa outra porção de líquido amarelo e começa a convulsionar em tosses fortes. O esôfago arde. Entre um abrir e fechar de olhos espasmódico, enxerga Luana perto da parede do beco sendo imobilizada por três homens, dois deles com uma faca e um canivete. Um puxão no cabelo arrasta Carolina para trás, encaixando seu corpo entre as pernas de um outro agressor. São quatro. Ela sente o hálito quente em seu rosto.

"Mas o Oziel é pra lá", diz um dos bêbados na esquina, apontando a Paulista.

"A gente não vai pro Oziel, a gente vai pra casa!"

"Casa é o caralho, a gente acabou de chegar, porra!"

"Alguém dê um relógio para esse débil mental!"

"Relógio... Relógio...! O que importa é o tempo emocional."

"Vamos comer um mocotó no Oziel antes de ir pra casa."

"Vocês vão ter é um troço comendo um mocotó numa hora dessas!"

"O mocotó do Oziel é light!"

"Light?! Light?! Mocotó light?!?!?!"

"Olha, o mocotó do Oziel é light, sim."

"É, o mocotó é tranquilo, é bem leve. E se a gente quiser tem a farofa de ovo."

Luana gira o corpo suspenso no ar, contorce o tronco, as pernas se debatendo com violência.

"Ê, chucra!"

Os sapatos estão jogados na calçada. A meia-calça se solta das canelas e das coxas em pedaços. Era uma questão de poucos segundos até que Luana estivesse nua; segundos que passariam cada vez mais rápidos enquanto Carolina não parasse de tossir e começasse a pensar o que fazer. O quê, ela não sabe. Seus braços estavam presos, estava sentada no chão entre as pernas de um homem muito maior e mais forte do que ela.

"Depois vai ser você...", o homem bafeja. "Aí eu vou te comer todinha! Mas com carinho..." E beija o pescoço de Carolina, e lambe a orelha. E com a mão direita livre agarra por baixo da camisa os seios acomodados na renda do sutiã. Aperta-os, espreme-os. A mão continua deslizando pelos peitos, passando pela gola da camisa e chegando até o pescoço, cingido agora pela força dos dedos. A mão desliza de volta até a barriga e torna a segurar os braços de Carolina nas costas liberando a mão esquerda para puxar seu cabelo encaracolado, derrubando a cabeça de Carolina para trás. Com sua face projetada para cima, Carolina só consegue divisar o rosto do seu agressor pelo canto do olho. O rosto do agressor, a boca do agressor, o nariz do agressor, a bochecha do agressor. A bochecha.

O grito de dor acende a noite. Os três se distraem de seu ato ignominioso para observar a cena que acontece logo adiante: uma garota com os cabelos encaracolados sendo puxados firmemente, com dentes cravados no rosto de um homem enquanto recebe socos na barriga. Quanto mais o agressor soca, mais Carolina impõe força na mandíbula e no maxilar; a cada pancada, mais suas arcadas se aproximam. O tecido sendo dilacerado emite um som que ressoa na caixa craniana, enquanto a língua sente o gosto adocicado do sangue. Os outros três homens não sabem o que fazer no momento, não sabem se correm para ajudar, não sabem se continuam a rasgar a roupa de Luana. Interrompem o que estavam fazendo e começam a rir. Deixam que seu amigo dê conta da outra garota sozinha.

Por fim, o quarto estuprador para de esmurrar a barriga de Carolina e tenta afastá-la, empurrando-a com violência. De repente, Carolina se vê livre. Cospe um pedaço de carne ensanguentada no chão e agarra um paralelepípedo solto no pavimento.

"Eu vou ficar aqui."

"Já tá amanhecendo! Mas se vocês querem ficar, OK!"

"Só mais uma pinga no Oziel e vou embora!"

"Eu vou tomar café da manhã e vou dormir."

"Então, vai, fresco! Vai lá comer teu pão com ovo!"

Carolina vê uma luz se acender em uma janela de um prédio do outro lado da rua. Logo atrás, já se vislumbram as primeiras notas da manhã na abóbada celeste: o céu ainda está escuro, mas o ar já está claro. Carolina se ergue com a pedra enorme nas mãos quando logo adiante, mais perto da calçada, os três agressores deixam Luana cair no solo e se viram para a garota com a máscara de sangue. O quarto agressor tenta se levantar, e com muito custo se põe de pé com a mão sobre o rosto banhado. Carolina arremessa o paralelepípedo em direção aos marginais plantados ao lado de sua namorada. O peso faz um arco, um longo arco no ar. Apesar do susto inicial, eles sabem que não há risco de serem atingidos pelo bloco, mas se impressionam com a força da garota ao arremessar o peso tão alto, tão longe do alcance de todos. O projétil sobe e, ao atingir sua altura máxima, passando sobre as cabeças dos três homens, volta a descer, convidado pela gravidade, numa trajetória irreversível que se interrompe na janela de um veículo estacionado na rua. O vidro se estilhaça, o alarme dispara e Carolina vai ao chão.

"Caralho!", grita um dos bêbados.

"Que porra é essa?"

"É o meu carro? Porra! O meu carro, não!"

Os três bêbados correm aos tropeções atraídos pelos faróis a piscar e o alarme disparado. Chegam a tempo de ver apenas as duas garotas deitadas no chão. Uma delas com o rosto tingido de vermelho ao lado de uma poça de sangue.

O sol já projeta as primeiras sombras duras na cidade, quando João Paulo acorda. A cama desarrumada, com travesseiros e cobertor jogados no chão. Só à custa de muita saliva o gosto de noite dormida desaparece de sua boca. Antes disso, antes de notar a cama desalinhada, antes de sentir a língua árida, Rebeca aparecia em sua cabeça esfumaçada entre o sonho e a realidade. Agora João Paulo se lembra de Rebeca inteira. As mãos correm rosto acima e abaixo como se, ao se espreguiçar, conseguissem apagar dos olhos o vulto da ex-namorada. Os olhos vasculham ao redor, ele vê o sol entrando pelas brechas de casa. Onze da manhã marca o relógio no aparelho do DVD. Deligia já se foi há tempos, deixando apenas marcas de batom nos copos e o perfume na colcha. Sem muita disposição e ainda curvado pela noite maldormida, João Paulo se levanta e sacode o lençol para cima e para baixo, observando-o descer sobre o colchão sem pressa. Pensa em trocar a roupa de cama novamente, mas se lembra de que não tem outro jogo disponível. Levanta as cortinas e abre o janelão de vidro que separa a sala da varanda para conhecer o dia. Ao se voltar para o banheiro, nota o retângulo faltando no meio da sala. Uma piscina de madeira vazia, no meio do assoalho. Se abaixa para ver se o taco não se perdeu embaixo do sofá ou da cama. A cabeça pesa. Na sombra baixa dos móveis só vê flocos de poeira, as havaianas de sempre e um envelope rasgado de preservativo, que deve estar lá há algumas semanas. Formigas pelo apartamento, rachaduras na parede, na pintura do teto, tacos soltos por todo o apartamento e, agora, um taco sumido. Por quê Delígia levaria um taco na bolsa? Um souvenir? Logo ele chega à conclusão que, se levasse uma lembrancinha de cada encontro, em breve ela precisaria de containers no jardim de casa, se é que já não tem. Grande Delígia. Desiste de entender o que aconteceu com o pedaço de madeira, espera a cabeça parar de latejar e vai até o banheiro.

Quente demais. A água cai quente demais. Ele se afasta, ajusta o termostato e volta para baixo do chuveiro. O jato vem mais frio do que ele deseja. "Aaaah!" Tremelica enquanto espera a temperatura ideal. Faz das mãos uma concha para tomar banho até o vapor invadir o banheiro inteiro e o corpo se acostumar com o calor. Após retirar o sabonete do corpo, ele inicia o ritual que mantém desde seus tempos de juventude. Uma mão imaginária que só pode ser a sua própria caminha sobre o grande fichário de garotas e mulheres organizadas na memória. É um arquivo vasto, vastíssimo, mas não de todo útil. Lá dentro, guardados em pastas cor de madeira, rosa ou verde-musgo, descansam rostos e corpos de dezenas de meninas que uma vez mereceram estar catalogadas em sua mente até que a morte leve

João Paulo, e tudo, então, não seja mais do que recordação sem dono, à deriva pela eternidade. Lembranças de garotas da escola, da faculdade, dos prédios em que viveu, de pontos de ônibus que frequentou, das lanchonetes, das garotas nas ruas, nas páginas de revista, nas telas de cinema, garotas da adolescência, garotas de todos os tempos, garotas de ontem. A maioria delas, apenas imagens 3×4 empalidecidas pelo tempo. Com frequência, a mão imaginária pousa a polpa dos dedos na mesma pasta, a pasta com as bordas escurecidas de tanto serem tocadas. E lá está ela. Rebeca em plano americano, Rebeca de costas, deitada na cama, Rebeca o espiando com o canto dos olhos, com seu pau na boca, Rebeca mordendo seu ombro, seu pulso, de quatro. João Paulo não tem ideia de quantas vezes aquele documento foi manuseado nos últimos meses e quantas vezes sentiu vergonha disso. No fundo, Rebeca sabe muito bem que sua pasta é retirada do arquivo repetidas vezes nos rituais matinais. Rebeca sabe, é isso que João Paulo imagina, e tem certeza, e é isso que o envergonha. Rebeca, sua fodedora de vida alheia. Vai tomar bem no meio do seu cu, sua escrota. A mão passa sobre a ficha da Rebeca e segue prospectando com o dedo indicador e o médio ágeis. Delígia? Delígia, não. Claudinha? Letícia? Roberta Morales? Manuela? Lorena? Leca? Roberta Pinheiro? Patricia? Ele se lembra de um antigo amigo de escola que uma vez havia batido punheta para uma personagem de desenho animado depois de ter se cansado de se masturbar incontáveis vezes para as mesmas meninas da escola. A água cai morna sobre suas costas quando sua mão se detém sobre o arquivo. João Paulo nunca havia visto aquela pasta ali. Jessica Rabbit? Lara Croft? O dedo indicador roça a borda rígida antes de abri-la e revelar uma folha branca com uma foto pequena no canto superior esquerdo. Os cabelos encaracolados de Carolina ficam muito bem numa foto 3×4.

# 10.

**Coluna de Nelson Rocha, 22/06/2013**

Confesso a você, caro leitor, que compreendi mal os sinais que milhares de brasileiros que foram às ruas, principalmente em São Paulo, deixaram impressos no asfalto com a sola dos pés. Imaginei que tudo não passasse apenas de uma provocação inútil, tudo não passasse de arroubo adolescente.

Nossa jovem democracia, parida em 1985, tem que ser nutrida, cevada pelo espírito inquieto de nossa juventude que permanecia em sono profundo desde os caras-pintadas de 1992. De repente, no virar da noite para o dia, milhares de cidadãos, de jovens cidadãos, despertaram para a vida e se deram conta de suas obrigações como provedores e mantenedores dos fundamentos democráticos deste país. Atentaram-se para a triste realidade brasileira em que interesses pessoais ou partidários sufocam, esganam e podem terminar por matar a esperança de um país que seja realmente para todos.

Além da violência e do medonho espetáculo de batalhas campais, só outro fator pode pôr tudo a perder: a dispersão. Um movimento sobre tudo é também um movimento sobre nada. As agendas precisam ser convergentes. Os atores políticos precisam se falar para ser construído um discurso único com objetivos concretos. Caso contrário, melhor nem ter acordado do sono.

**Postado por Fernanda Leme em 22/06/2013**

Eu poderia escrever aqui sobre o fechamento da grandiosa ópera de ontem, que se deu apenas hoje à beira da madrugada, com as águas da noite escura já na altura do joelho. Mas disso o caro leitor do LinaLinda, bem informado que é, já deve ter ciência. O espetáculo deplorável de violência policial contra meia dúzia de mascarados e outras centenas de jornalistas, manifestantes e estudantes já inunda as páginas de jornais desde hoje cedo — os sites, obviamente, já traziam o relato do gran finale poucos minutos depois de seu desfecho. Que as autoridades públicas respondam pelos seus atos. Não escrevo aqui neste blog, no entanto, para isso. O que me comove muito mais é o colorido do espectro que vi ontem. O arco-íris tem bem mais que sete cores.

Eu nunca vi nada parecido em meus anos de cobertura jornalística. Ruas apinhadas de gente? Sim, conheço. Carros de som e megafones? Sim, já senti nos tímpanos seus efeitos. Palavras de ordem e faixas estendidas? Obviamente. Mas jamais tinha testemunhado tamanha profusão de slogans, discursos e intenções. O movimento orquestrado e parido já há algumas semanas pelo Irivir definitivamente saiu debaixo das suas asas e ganhou uma identidade própria. Muitos outros movimentos, coletivos e grupos organizados aproveitaram o ensejo e embarcaram. O realinhamento já havia sido identificado nos dias anteriores: não se trata mais de manifestações sobre transporte público. Os custos da Copa do Mundo vindoura, a corrupção, a violência policial, a desmilitarização da polícia, questões prementes como essas se juntam também a devaneios enlouquecidos sobre a luta anticomunista e a volta dos militares ao poder. Ontem vi uma mulher carregando um cartaz pedindo respeito a Gaza e aos palestinos. Provavelmente quem esteve presente na avassaladora multidão deve ter visto outras questões em pauta, além da já clássica luta para mudar o ataque da seleção brasileira.

O que me preocupou ontem e me tira o sono — literalmente, pois só fui dormir hoje quase pela manhã — foi a expressão clara e exacerbada de parte dos manifestantes contra partidos políticos. Naturalmente, a reação se deu contra os partidos de esquerda — partidos de direita ou de centro não costumam neste país participar de grandes atos nas ruas, aliás, partidos de direita se envergonham até de dizer que são de direita, mas isso é papo pra outro dia. Bandeiras vermelhas foram impedidas de ser desfraldadas. Não foram poucas as vezes em que vi agressões físicas diretas contra manifestantes vestindo camisetas vermelhas de partidos, não importando o matiz. Junto com os empurrões que testemunhei, ouvi também repetidas vezes o slogan "Sem partido" em altos brados. À primeira luz, parece uma grave crise de representação. Há de se prestar mais atenção no fenômeno: partidos incompetentes, sem respaldo da sociedade, partidos sem confiança dos eleitores, tudo isso faz parte da democracia; a ausência de partidos, não.

Antes de publicar este texto, li a coluna de Nelson Rocha. Bastante sintomática a volta atrás de um jornalista experiente como ele, poucos dias após ter cometido um texto criticando todas as manifestações, sem a menor intenção de entender o que se passava no miolo dos acontecimentos. Às vezes, a realidade não se encaixa no que já temos pré-formatado para ela.

Daí, a lambança. A retratação tampouco me parece lúcida. É uma tentativa de instrumentalizar algo que, desde o princípio, não se dispõe a isso.

O arco-íris é exuberante, mas ainda há gente que enxerga em preto e branco.

**8.906 visualizações – 455 comentários**

**Comentário 35 – Valeska**

Muito lúcido.

**Comentário 56 – Rejane Catraca**

Nem sei o que falar! Foi ridículo! Bando de playboys tumultuando o movimento. A gente tem uma pauta única de lutar pelo transporte público em todo o Brasil e esses caras me aparecem para diluir o que a gente tinha conseguido com tanto esforço durante todos esses meses! Ouvi dizer que a Secretaria de Transportes iria rever o aumento das tarifas, mas ainda não há nenhuma posição oficial. Essa bagunça, a pancadaria patrocinada pela polícia, esses meninos aí que nunca pisaram na rua e agora fazem bagunça, isso tudo pode servir de manobra diversionista! Mas tudo bem! Se flopar, não tem problema: a gente vai continuar e parar São Paulo! A luta é maior do que tudo isso! #irivir #movimentoirivir #saopaulovaiparar

**Comentário 78 – Eddie**

As manifestações foram cooptadas pela direita mais rasteira. A coluna de Nelson Rocha é uma demonstração inequívoca disso — eu leio só pra passar raiva. Queria muito ver o que ele vai escrever na semana que vem, quando o grosso das pessoas aparecer exigindo a volta dos militares. Talvez ele até compactue com isso, talvez até seja isso o que ele deseje intimamente. Não conheço liberal que não goste de um exército quando as coisas não tem o contorno definido.

**Comentário 243 – Edu Cardiff**
Acho que tudo isso virou uma palhaçada, uma bobagem sem tamanho. Desisto! Não fui ontem na Paulista e não irei mais enquanto não se verbalize um discurso coerente sobre o que se quer colocar na berlinda. O preço do transporte público deixou de ser o principal motivo e passou a ser acessório. Acessório a quê? Às demandas dos filhinhos dos Jardins e de Higienópolis? Aos anseios das viúvas das ditadura? Acompanhei a passeata pelos canais de internet. Vi muita provocação, truculência... Não sei o que vai sobrar disso. Mas o que sobrar não vai ser bom.

**Comentário 330 – Lucia de Carvalho**
Fernanda, o país não aguenta mais! Ninguém aguenta mais! É muita corrupção! É muita falcatrua! Eu fui pra rua com a minha filha. E foi lindo ver aquele povo todo. Se alguns baderneiros tentaram atrapalhar a manifestação, foram poucos. E só no final da noite. Eu fiquei ali na Paulista até umas dez da noite e gostei. Não senti o medo que senti quando aconteceu aquela intervenção horrível da PM da última vez. Foi bem mais tranquilo. Vai, Brasil! Vamos, São Paulo!

**Comentário 376 – Lorena Vampone**
O Brasil nunca vai ter um presidente como o Barack Obama. Um negro de classe média que se torna presidente do país mais poderoso do mundo. Seria bom se Deus concedesse essa glória a nós, brasileiros, mas Deus sabe o que faz e acho que vamos ter que nos contentar com esses políticos que temos aqui.

**Comentário 401 – Zorêia**

Eu não estava lá na Paulista, estava em minha sala vendo tudo pela televisão e pelos links. Isso é o florescer de uma nação oprimida por anos, décadas e séculos. Que não paremos por aqui, que as pessoas não interrompam o fluxo de ideias e desejos guardados. Salve, Brasil.

# 11.

Nas sombras das árvores, nos cantos escuros dos prédios, nos porões das casas, o frio se esconde enquanto o tempo roça o meio-dia. O firmamento é de um azul imaculado, e o sol é ácido na pele de quem passeia nas calçadas e descansa nas varandas, nos gramados dos parques, sobre as lajes na periferia. É um veranico em junho. A faixa cinza de poluição que se interpõe entre o contorno dos prédios e o céu cristalino desapareceu. O tráfego na Rebouças segue pesado, com ônibus engrenando barulhentas marchas de força para alcançar a Paulista e carros acelerando impacientes, descendo para a marginal. Um rasgo estridente do motor de um conversível caríssimo alcança os ouvidos de Marcão no momento em que ele toca a campainha. O silêncio no apartamento acolhe o som de passadas que se tornam mais firmes ao se aproximar da porta. Um breve momento separa a investigação pelo olho mágico — coisa que Carolina nunca fez — do chacoalhar do molho de chaves girando na fechadura para deixar o visitante entrar.

"E aí, meu amor..."

Os dois se abraçam e Carolina não resiste em descansar o corpo no calor do colega e amigo. Eles se separam após alguns segundos; Carolina apagada e com um pequeno curativo sobre um corte fechado com três pontos sobre o supercílio direito; Marcão com um grande tampão cobrindo o olho atingido pela bala de borracha.

"Isso aqui tá parecendo um hospital de campanha..."

Marcão concorda.

"Que loucura, menina!"

"Loucura..."

Os dois caminham pelo assoalho de taco e afundam no sofá na sala de estar. As janelas escancaradas iluminam o apartamento com móveis limpos e elegantes. A luz, sente Marcão, antes mesmo de pensar, é bem-vinda naqueles dias sombrios. Ao lado da tevê de 42 polegadas, um enorme pôster de *Um Corpo que Cai* divide atenção com uma estante de sólidas prateleiras brancas que sustentam centenas de CDs e alguns vinis. No parede ao lado, os livros de jornalismo, comunicação, biografias e grandes reportagens compartilham espaço com compêndios de medicina, ginecologia, catálogos de farmacologia, além de vários romances, novelas, livros de contos e crônicas. Uma casa organizada, a decoração sem exageros. Amigos e conhecidos, mesmo que nunca houvessem pisado lá, não hesitariam em reconhecer que se trata da casa de Luana e Carolina.

"A Fê acabou de sair daqui."

"A Fê que escreve pro teu blog? Que pena. Ia ser legal encontrar com ela." Marcão se ajeita, põe uma almofada entre o corpo e o braço do sofá. "E Luana?"

"Tá bem... Tá dormindo agora. Não deu nada nos exames. Tudo certo. Apenas o tornozelo fraturado, distendeu um músculo aqui no pescoço, a língua inchada, mal consegue falar."

"A língua?"

"Quando ela caiu no chão... Por pouco não arranca um pedaço."

Carolina repete o relato que já contou para os médicos no hospital, para os policiais que a receberam, para o delegado de plantão, para Fernanda, para a mãe, o pai, o sogro e a sogra, e ainda repetirá inúmeras vezes nas próximas semanas, até o fim da vida. Um fato que a assombra, mas do qual será impossível escapar.

"E os caras?"

"Consegui fazer um retrato falado de um deles, mas duvido que dê alguma coisa. Imagina quantos casos de estupro eles atendem por semana... E piores, bem piores, horrivelmente piores. O que aconteceu com a gente foi moleza, pode ter certeza. Uma fratura, um corte, um tempo na cama. Nada que algumas décadas de terapia não resolvam."

Marcão não sabe se ri ou não.

"O Bernardo ligou. Perguntou se eu precisava de alguma coisa."

"Bom, era o mínimo que ele poderia fazer."

"Depois perguntou se eu queria dar algum depoimento para um caderno especial que vai sair nessa semana."

"E?"

"Acho que vou falar, sim. Mas sem fotos, que eu tô um caco!"

Os dois riem.

"Você vai escrever no blog? Sobre... isso?"

Carolina comprime os lábios e respira fundo como se ajudasse a encontrar uma resposta. Vários segundos passam antes que ela decida o que falar.

"Sim. Vou escrever. Mas não sei quando, nem como.

Nem sei se consigo, na real. Acho que vou pedir pra Fernanda me entrevistar", Carolina sorri triste. "Meio idiota, não?"

Marcão ajeita a camisa, meneia o ombro e pigarreia como se isso valesse por um comentário que ele não faz ideia de como seria se fosse convertido em palavras.

"A mãe da Luana chega na quarta pra dar uma ajuda. Ela não vai poder andar por uns quinze dias."

Carolina se espreguiça antes de perguntar se ele gostaria de um café. Os dois se dirigem à cozinha, onde ela pega duas cápsulas e encaixa na cafeteira. A bebida desce num fio espesso, enchendo a xícara e deixando a espuma marrom-clara no topo, enquanto Marcão se acomoda no banco ao lado da mesinha onde um vaso abriga um ramalhete de flores do campo coloridas.

"Sabia que essas cápsulas são as novas fraldas descartáveis?"

"O quê?"

"Essas cápsulas de café. São as novas fraldas descartáveis."

"Como assim?"

"É uma treta reciclar."

"Não tinha ideia", diz ele, antes de dar mais um gole, "então deveríamos parar de tomar, hein?"

"É, deveríamos." Carolina dá uma bicada e descansa a xícara sobre a mesa. "E como vai esse olho?"

"Tá bem. Já não dói; mas ainda vai um tempo com esse tampão."

"O Bernardo falou alguma coisa sobre indenizacão?"

"Por causa do olho? Sim. Me falou que vai ajudar. Pediu pra eu falar com o RH."

"Bom, tem que ficar em cima, hein? Esses caras, pra liberar grana..."

"Acho que não vai ser difícil. Eu saí em tudo que é jornal. Até na tevê! Estou, como se diz, em evidência. Em todo caso, se tudo der errado, ainda temos a justiça."

"Justiça...", ela articula a palavra como se não soubesse o seu significado.

Um gole no café. Carolina continua.

"Esse tampão pega mulher, hein?"

"Oi?"

"Ah, vai dizer que não sabe?"

"Olha, vamos falar sobre nossa colaboração no seu blog, que é melhor!", responde mostrando os dentes antes de dar o último gole no café.

Uma hora depois, Marcão deixa o apartamento prometendo voltar até o meio da semana para falar com Luana, aquela dorminhoca. Carolina se despede com um aceno cansado, entra em casa e vira a chave duas vezes para garantir que seu lar fique bem guardado. Ela nunca havia se importado antes em contar quantas vezes girava ou deixava de girar a chave na fechadura. Já no meio da sala, indo para o sofá, ela estanca e retorna à entrada. Dessa vez para desfazer uma volta na chave e restabelecer o comando da situação: pronto, agora o apartamento estava um pouco menos inseguro. Carolina acha insuficiente, e então subtrai outra volta, deixando apenas a maçaneta como único bastião a defender sua casa da ignomínia do mundo, com seus assaltantes, estupradores, sequestradores e toda sorte de criminosos. Era assim que havia vivido até agora, seria assim que viveria daqui por diante. Só a maçaneta. Abre a porta em um movimento rápido e vislumbra o escuro antes de o sensor ativar a iluminação e descortinar o corredor anódino, como o de um hospital, e uma planta artificial em um grande jarro entre os dois elevadores.

Embora tenha vontade de gritar, ela se contém. Não pelos vizinhos, que se a tomarem como louca pouco importa, mas por Luana, que precisa dormir. Os joelhos dobram e Carolina se senta no chão chorando em silêncio.

"Cara, esse apê tá precisando de um carinho", diz Boaventura enquanto encaixa o bico do tênis no espaço que deveria estar ocupado por um taco de madeira. O pó do sobrepiso escapa, sujando a chão. "Olha só!"

"Tô sabendo."

"Viu que tem uma Marginal Tietê de formiga atravessando a parede do seu banheiro?"

"Já comprei veneno e tudo, tá guardado ali embaixo da pia, eu acho. E os tacos... A diarista deve ter guardado esse daí", grunhe João Paulo ao abotoar sua camisa de linho.

"E tem aquela rachadura ali na parede. E tem infiltração no teto do banheiro e sabe lá o que mais. Já pensou em casar? Em duas semanas de casado, a Claudinha dava um jeito..."

"Blá, blá, blá, blá... Cala essa boca e vamo logo que eu tô com fome!"

Ao chegarem no Bule, Duda já aguardava em uma mesa na varanda.

"Demoraram, hein? Tavam se comendo? Só pode!" João Paulo admira o fato de que Duda seja das poucas pessoas que podem falar esse tipo de frase e ainda assim soarem elegantes.

"É uma dama", cumprimenta.

Antes de se sentar, João Paulo varre o restaurante com os olhos, encontrando Edu atrás do balcão, que acena. As pessoas ao redor sorriem e conversam como se o céu azul do sábado fosse um período de trégua no meio de uma guerra e os garçons, querubins com bandejas.

"Senta aí, porra. Dá atenção para os amigos!", Boaventura provoca.

João Paulo se acomoda e inclina a cabeça com um ar de desânimo para Duda. Ela responde cúmplice.

"E olha que você só encontra ele de vez em quando! E eu que durmo todo dia?"

Edu chega entregando os cardápios, e em poucos instantes fica decidido que João Paulo irá tomar café, Duda irá almoçar e Boaventura, apenas tomar uma cerveja gelada, que o dia já vai pela metade. A conversa sobre o clima não dura muito, e logo João Paulo e Boaventura entram no segundo ato, o velho ritual de agressão mútua, melhores amigos que são. Nessa condição insalubre, que lembra a Duda seus tempos de quinta série, seu celular serve de refúgio, do qual ela só põe sua cabeça para fora para dar uma risadinha ou outra, dar uma alfinetada aqui e acolá, retificar alguma informação importante, ignorando na maior parte do tempo o espetáculo juvenil que os rapazes encenam à sua frente. Os talheres já repousam sobre as bordas dos pratos com restos de almoço e café da manhã quando João Paulo toma a palavra.

"Vamos na manifestação de segunda?"

"Como?"

"Manifestação... Na segunda."

"De novo com essa história?", pergunta Boaventura. "Ah, meu publicitário comunistinha..."

João Paulo se ajeita na cadeira, e fala com brilho nos olhos. "Vocês não tão sentindo... Não estão empolgados com as pessoas na rua, as pessoas comentando nas redes sociais, nos blogs? Nunca tiveram vontade de ir?"

E então se curva, escorregando no assento em decepção encenada. "Onde vocês estão vivendo? Em Marte? Até o ar está diferente! As pessoas nas ruas estão diferentes, olha aqui esse povo todo!", diz João Paulo, apontando para dentro do restaurante, os sorrisos do entreguerra. "Um pouco de sensibilidade, por favor..."

Ele dá um gole na água com gás e larga o copo em cima do prato onde comeu os ovos do desjejum. "Além do mais, sabe aquela campanha do Banco do Brasil? Os caras mudaram o approach, tenho que me inteirar dessa bagunça toda, pelo menos pra mostrar pra eles que eu me preocupei em tentar entender o cenário."

"Você tá me dizendo que vai pra essa manifestação fazer pesquisa pra uma campanha?" Boaventura se inclina na direção do amigo. "Ah, para com isso... Vai querer me enganar com essa lorota?"

"Nisso aí eu tô de acordo com o Bôa: puta papo furado esse, hein, Jotapê?"

"Jotapê, meu camarada, olha pra mim! Eu te conheço há duzentos anos. A gente conhece propaganda desde o começo das eras. A gente trabalha em agência há sei lá quanto tempo. Pra cima de mim? Onde já se viu? Pesquisa de campo é pra enrolar trouxa. E ninguém aqui, que eu saiba, é trouxa."

João Paulo observa o café que esfria sobre a mesa.

"Tenho cá pra mim que isso aí é por causa de mulher." Boaventura fala rindo para João Paulo e logo depois para Duda, pedindo cumplicidade. "Jotapê, seu animal, tu vai se meter nisso por causa de mulher, que eu sei."

"Quanta bobagem..." João Paulo dá uma bicada no café frio, dessa vez se demorando mais do que o usual.

“A Rebeca não é, porque a Rebeca nunca se meteria nisso.”

“Ah, Bôa, por favor, não começa...”, João Paulo se irrita ao ouvir o nome da ex-namorada. “OK, vamos mudar de assunto, vamos falar sobre a Copa, a Copa do Mundo, a seleção brasileira.”

Boaventura suspira e se dirige a Duda. “Precisamos ajudar nosso amigo, gata... Ele perdeu o prumo na vida. Olha essa pança! O apartamento dele, o apartamento está se desmanchando. Diga-me como moras que te direi quem és.”

Duda sorri para um impaciente João Paulo, que se contorce no assento.

“Nosso amável Jotapê, nossa joia, virou um barquinho pesqueiro a vapor à caça de sardinhas, navegando de porto em porto sem ter onde atracar.”

“E a Claudinha?”, pergunta Duda.

João Paulo ameaça se levantar, ao que o casal reage prontamente, cada um agarrando um braço e forçando o amigo irritadiço a permanecer onde está.

Quando João Paulo toma o rumo de casa, o sol já está se pondo. Os pés vão tranquilos, e na barriga chacoalham alguns litros de cerveja e água, tomados alternadamente em várias porções ao longo do dia. Das inúmeras coisas que a vida lhe ensinou, pensa, uma das mais úteis é irrigar o sangue com pequenos copos de um entre os vários goles de outro. Talvez por isso ele esteja caminhando pela calçada larga com a leveza de um Nureyev, enquanto no pensamento zanza de lá para cá a foto 3×4 de Carolina, a foto que ilustra seu blog, agora já devidamente acompanhada de um corpo imaginário mas que, de acordo com seus cálculos de conhecedor da anatomia feminina, se aproximaria muito da forma original, que ele ainda desconhece. Ele é uma versão amadora, mas bastante eficiente daqueles paleontólogos que recriam um dinossauro inteiro a partir de um pedaço de mandíbula ou de um fêmur trincado.

A noite se aproxima trazida pelo vento frio, lembrando a João Paulo que ainda estamos em junho. Ele apressa um pouco o passo, muito por causa da mudança do tempo, mas também pela bexiga que, já no limite, precisa ser esvaziada. A poucos metros da entrada de seu prédio, João Paulo retira o pequeno molho de chaves do bolso e, sem querer, deixa duas moedas graúdas caírem e saírem tilintando pela calçada. "Saco." Abaixar-se desse jeito com a urina represada em ponto de desaguar provoca uma dor que deforma seu rosto por um segundo. E ao se levantar com os centavos recuperados, João Paulo ergue a cabeça e se depara com a figura esguia, alta e alva à sua frente. O corpo delgado envolto em um vestido preto de alças, salpicado de florzinhas coloridas, as coxas brancas e fortes articuladas por um joelho firme, as pernas potentes enfiadas em uma bota de couro cru. As curvas e formas destacadas do ambiente, como se recortado por uma tesoura, e coladas no quadro diante de João Paulo. O fantasma de Rebeca vertido em carne e osso.

"Ei..."

"Oi. Tudo bem?"

Após tantos meses sumida, ela continua bonita, constata João Paulo. O cabelo está mais curto, deixando as orelhas à mostra. Engordou um pouco, o que fez bem ao rosto, aos peitos e aos quadris, que ora preenchem com autoridade o vestido florido. Não demora muito para João Paulo se recordar por que se apaixonou por ela. E demora apenas um pouco mais para que se lembre da última sessão de masturbação matinal, quando ignorou solenemente a pasta arquivada de Rebeca. Teria ela pressentido tal desfeita? Do mesmo jeito que João Paulo imaginava que Rebeca sabia que sua ficha era aberta todas as manhãs, teria ela adivinhado que os dedos ágeis de João Paulo haviam flanado por outros arquivos?

"O que você está fazendo aqui?", pergunta João Paulo, tentando não soar rude.

"Estava passando. Pensei em te ver."

"Era mais fácil ter ligado. Você não precisava ficar aqui fora esperando."

"Acho que seu número mudou."

Sim, ele trocou o telefone, trocou o restaurante preferido, a sala de cinema preferida, o dentista, o clínico geral; havia alterado muita coisa para evitar a possibilidade de um contato com Rebeca, por menor que fosse, por exemplo, entrar em um recinto no qual ela passara há pouco deixando no ar o perfume que ele agora sente diante do seu prédio. Havia substituído amigos, mas não todos, havia desertado de quase tudo, e agora não consegue deixar de evocar a imagem do barco pesqueiro mencionado por Boaventura.

"Quer subir?"

"Vamos?"

"Eu tenho cerveja, acho."

A luz alaranjada que atravessa o janelão de vidro espalha as sombras dos tacos mal encaixados pelo assoalho, quando João Paulo abre a porta do apartamento. Rebeca entra e, curiosa, segue na frente do ex-namorado até chegar à sala, poucos passos adiante. Ela sorri, olhando para os detalhes da decoração, os livros guardados sem uma ordem específica, a mesinha do computador, os quadros e pôsteres.

"Legal! Gostei mesmo!"

"Tá precisando de um tapa, né?!"

"Esse buraco aí no meio da sala foi ideia da arquiteta? Ficou charmoso."

"Gostou? Foi coisa minha mesmo. Aquelas infiltrações também, ó", João Paulo aponta para as rachaduras na parede fazendo um pequeno tour sobre os frutos arquitetônicos de sua vida relapsa nos últimos tempos.

"Banheiro gigante!"

João Paulo vai até a geladeira, abre duas stellinhas e entrega uma garrafa a Rebeca, que logo se senta no amplo sofá de três lugares, deixando como única alternativa a João Paulo a pequena poltrona ao lado. Agora os dois dão goles curtos, logo depois um gole longo. Ele se levanta, abre o janelão deixando o vento tomar conta do ambiente.

"Frio?"

"Tudo bem."

Sem avisar, João Paulo entra no banheiro e se alivia, esvaziando a bexiga demoradamente. As formigas o ignoram, atravessando a parede, fazendo o rejunte de avenida no rush do fim de tarde.

Volta à poltrona ainda secando as mãos na camisa e torna a beber a cerveja, enquanto Rebeca cruza as pernas, se ajeita no sofá e passa a mão sobre o vestido com naturalidade. Os dois sabem que Rebeca está muito mais à vontade do que João Paulo, embora ele esteja jogando em casa, em seu Wembley particular.

"Ouvi dizer que você vai morar na Inglaterra."

"Estou pensando. Não sei ainda."

"O Bôa falou que já tava tudo certo; pensei que você já estivesse lá."

"Talvez, não sei."

João Paulo não tinha a mais vaga ideia sobre o que fazer com a campanha do Banco do Brasil, sobre o que significavam essas manifestações ou o que os caras da agência esperavam que ele inventasse com essas pessoas gritando e agitando cartazes nas ruas — isso não dava nem um anúncio, porra! João Paulo não entendia por que uma garota andaria por aí com uma tatuagem da suástica alemã na nuca, João Paulo não compreendia várias coisas, e essa semana foi pródiga em trazer mais perguntas do que respostas, disso ele não tinha dúvidas; mas de todas elas, nenhuma se mostra tão fluida e fugidia como as razões que trazem Rebeca até seu apartamento nesse princípio de noite de sábado.

À medida que a cerveja desce pelo gargalo e envereda pela garganta, seu semblante complacente é substituído por uma expressão de raiva; de raiva, não, de indignação. Ele estava tentando reconstruir a vida desde que seu namoro deixou de ser um caso de amor para ser um vídeo tutorial de como duas pessoas poderiam criativamente asfixiar, matar e ocultar o cadáver de um relacionamento comum. O fato de que uma das partes que se encarregou de dar cabo desse corpo se encontre sorridente e tranquila em seu sofá só torna as coisas mais irritantes. A vontade de João Paulo é explodir e de que os pedaços de seu corpo atravessem a pele de Rebeca, os órgãos, banhando de sangue as paredes do apartamento, o que cairia muito bem com a luz da tarde que se esvai.

"Tá boa a cerveja?"

"Tá... Tá ótima! E você, o que tem feito?"

Um pouco de nada intercalado por sessões de sexo descartável em um contexto maior de eterna provisoriedade, é o que João Paulo pensa em falar.

"Muito trabalho; não tenho tido muito tempo de fazer nada além disso."

"Você sempre gostou de trabalhar."

"Agora não tenho mais escolha. Vida de frila é assim: apareceu tem que agarrar. Ninguém sabe muito bem quando vai aparecer oportunidade de novo."

"Posso tirar as botas?"

Antes que João Paulo possa responder, os dedinhos brancos dos pés com unhas pintadas de vermelho já tocam os tacos desconjuntados. Uma lufada de vento frio entra pelo janelão com a luz rosa do final do dia, soprando os cabelos curtos de Rebeca em sua própria face e inundando os pulmões de João Paulo com os ares da inevitabilidade. Rebeca se encosta no sofá com desleixo estudado e dá um gole na cerveja. Um segundo depois, bate a mão espalmada na almofada a seu lado, um convite.

Quando João Paulo e Rebeca se conheceram, apresentados por um amigo em comum, num bloco de Carnaval na rua Augusta, foram acometidos por uma indiferença recíproca. Ou pelo menos isso é o que eles queriam que o outro e o mundo inteiro pensassem. Embora o roteiro calcado no clichê assumisse que em pouco tempo estariam juntos, eles mesmos se surpreenderam que já no final da noite, ao cabo de várias latas de cervejas, o desdém havia se transformado em tesão declarado. E não haviam se passado nem cinco horas desde que tomaram conhecimento da existência um do outro. Não foi apenas o começo que foi atropelado, brusco, impulsivo. Nos poucos meses em que namoraram, foram poucos os dias de tranquilidade e de paixão serena.

"Compilados, nossos momentos de amor romântico não dariam para montar um clipe do Air Supply", costumava dizer João Paulo em mesas de bar. "Eu já acabei e voltei com o João Paulo mais do que acabei e voltei com o cigarro. E o cigarro eu já larguei!", ela contava aos amigos. Os mesmos amigos que se perguntavam por que um casal tenta manter uma relação como essa, ainda que por apenas alguns meses, contrariando a lógica e o peso colossal dos fatos. Amor? O amor se traveste das mais variadas formas, se apresenta das maneiras mais improváveis; sim, como não?, poderia ser amor aquele turbilhão de idas e vindas, aquele vendaval de juras efêmeras. Poderia? O que mais? Tesão? Sexo? Ora, isso João Paulo e Rebeca encontravam diariamente exposto em vitrines nas ruas pelas quais andavam, no trabalho, no caminho para o almoço, na sorveteria. Ódio? Não parecia a ninguém que nenhum dos dois se achasse louco o suficiente para ser capaz de manter uma relação baseada em ódio nem que fosse por um dia, quanto mais durante meses. E, afinal, ódio a quê? Ódio ao amor que sentiam um pelo outro? Aversão à atração irresistível que sentiam reciprocamente? E assim era o amor de João Paulo e Rebeca, se é que podemos chamar aquilo de amor. Começou sem ninguém saber por quê, postou-se sem ninguém saber como e ainda não terminou, visto que nesse momento João Paulo, já sentado ao lado de Rebeca, com o vento de junho e a luz alaranjada do anoitecer batendo em seu rosto, introduz com o maior cuidado possível, junto com a maior voracidade suportável, a língua na boca da visita. As garrafinhas de vidro verde são deixadas no chão de qualquer jeito. Desequilibradas, tombam sobre o piso de madeira derramando a cerveja, que se espalha pela sala, se infiltra pelos rejuntes e inunda os espaços vazios dos pequenos tacos deslocados, como se infiltram e ocupam cantos vazios as mãos de João Paulo e Rebeca no corpo um do outro. À medida que os dedos enveredam pelos pedaços de tecido, as dobras da pele, entre os cachos de pelos e cabelos, as bocas se mordem com força e os lábios violados tingem de sangue o queixo, as peças de roupa. Filha da puta! Filho da puta! Os dentes cerrados, o pescoço hirto, os olhos coléricos. A um tapa violento no rosto de João Paulo segue outro tapa no rosto de Rebeca. Rastros paralelos de vermelho nas faces dela lembram índios pintados para a guerra.

Este não é apenas mais um ato qualquer da longa peça que os dois encenam há tanto tempo para uma plateia tão vasta e eclética. Embora as cadeiras estejam vazias e das coxias só se ouçam as vozes da cidade vários andares abaixo, hoje é especial: personagens e atores são os mesmos, unos e indivisíveis. Os braços se seguram e se estapeiam, cotovelos se repelem e se atacam com raiva, perícia e agilidade que nenhum dos dois imaginava ter, ao passo que os quadris se caçam desajeitadamente e as pernas se enlaçam com urgência, ávidos por um clique de encaixe que parece não chegar nunca.

Nem um nem outro tem a clareza do quanto de raiva, desprezo, frustração e desejo se reveste cada gesto. Como a pedra que não tem noção de toda a avalanche, como a gota que desconhece o tamanho do maremoto. Não sabem, nesse momento, se choram realmente quando o rosto se contrai ou se riem quando os lábios se abrem. Mas sabem que anos de idas e vindas, lágrimas e risos, palavras ditas e sentimentos reprimidos estão concentrados ali naquele segundo, encapsulados dentro de um só corpo sobre o sofá. É a vida que os dois viveram juntos, mesmo quando separados, comprimida em um único átomo de densidade infinita. O mesmo material de que as bombas são feitas.

Ao cabo de algum tempo, os dois cansados ainda se acariciam e se machucam. O calor da luta os protege da noite que cobre o apartamento. Só o brilho dos olhos ilumina o ambiente. Rebeca entreabre os lábios no momento em que suas costas arqueiam projetando o peito para cima; João Paulo suspira com força e despeja o pouco que ainda sobrava de tristeza, de frustração, de humilhação e de amor. Filha da puta.

O que resta é a placidez dos satisfeitos, a serenidade dos resolutos, a tranquilidade dos indiferentes. E mais nada.

# 12.

**De: jotape@betternet.com**
**Para: carolina@linalinda.com.br**
**Assunto: Consultoria**

Oi, Lina. Me chamo João Paulo. Você não me conhece pessoalmente, mas já trocamos alguns comentários no seu blog, que, aliás, é uma das poucas fontes de informação em que eu confio. Parabéns pelo trabalho. Temos uma amiga em comum, a Lígia Carvalho. Conversando com ela, pensei que talvez você pudesse me ajudar num projeto em que estou trabalhando. Sou publicitário e preciso destrinchar urgentemente essas manifestações que estão ocorrendo no país inteiro. Gostaria de agendar com você uma reunião, um bate-papo para falar sobre isso. Como se trata praticamente de uma consultoria, teria como pagar a você pelo serviço, o que afinal seria muito justo. Espero que você possa me ajudar. Um abraço.

**De: carolina@linalinda.com.br**
**Para: jotape@betternet.com**
**Assunto: Consultoria**

Tudo bem, João Paulo? Lembro de seus comentários no meu blog, e gostaria que continuasse participando. Audiência é algo que jornalistas independentes prezam bastante — tanto ou mais do que os "dependentes". Conheço a Lígia, claro, faz tempo que não a vejo, mas é uma grande amiga. Quanto ao bate-papo, eu não teria problema em ajudar. Infelizmente não estou com tempo, e como você necessita de urgência não sei se poderei atendê-lo. Estarei livre no final da semana que vem. Caso se interesse, podemos combinar algo.

**De: jotape@betternet.com**
**Para: carolina@linalinda.com.br**
**Assunto: Consultoria**

Obrigado pela resposta.

Será que não haveria possibilidade de um encontro rápido? Um café que seja. Estou num projeto para o Banco do Brasil, uma campanha institucional, e gostaria muito de saber o que significam essas manifestações, onde isso vai dar, o que a gente pode esperar dos próximos meses. Prometo não tomar muito do seu tempo. Se você pudesse dar uma mão, seria de uma enorme ajuda. Posso ir na sua casa, no seu escritório, numa padaria, onde você estiver...

**De: carolina@linalinda.com.br**
**Para: jotape@betternet.com**
**Assunto: Consultoria**

Bom, eu realmente estou sem tempo. E também não tenho a mínima noção de por onde começar a responder suas perguntas. De qualquer forma, amanhã, segunda-feira, às 16 horas, está marcada mais uma manifestação, não sei se você sabe. Estarei lá na Paulista um pouco antes para fazer a cobertura. Se você quiser me encontrar lá, seria uma boa: acho que é o máximo de atenção que posso dar a você nesse momento. E você aproveita

e também tenta descobrir no que isso vai dar, sem intermediários. (Se descobrir, por favor me conte depois.)
Me mande seus contatos para a gente ir se falando.
Abraço.

# 13.

Lorenzo acorda com o próprio espirro. Tem a força de um rearranjo tectônico que retira seu corpanzil do repouso e o traz de volta à vida. Mal se recupera do primeiro, quando outro espirro ainda mais forte deixa suas narinas parcialmente obstruídas. É uma sucessão de eventos terríveis e previsíveis: em breve terá que respirar apenas pela boca; logo então virá o impiedoso ataque de coriza por longas horas; e por fim surgirá com o pôr do sol o nariz em carne viva, de tanto ser esfregado pelo dorso das mãos e lixado por papel higiênico de má qualidade. Um homem de quase dois metros, com pernas de jequitibás, tronco sólido e uma cabeçorra monumental postada sobre a marquise dos ombros, ornada por um singelo ponto vermelho no meio da face. Um detalhe que seria cômico em outra pessoa, mas que em Lorenzo apenas sinaliza um sopro de humanidade em alguém que de outra forma seria confundido com um robô, impessoal e mecânico como todos os robôs.

Por entre os cílios dos olhos entreabertos, ele vislumbra o gato da vizinhança sentado na mesa de fórmica azul encostada no lado oposto do único cômodo que, além do banheiro, faz parte da sua casa. Animal sem dono e sem nome que não se sabe por que deu pra se enfurnar dia sim, dia não em sua casa e incitar sua rinite com a mesma frequência. Por qual buraco esse monte de pelo ambulante entra, Lorenzo se pergunta antes de ser chacoalhado pelo terceiro espirro, ainda mais violento, dessa vez atacando a lombar. Com certa lentidão, seja pelo tamanho de seu corpo, seja pela pontada nas costas, seja pela tremenda ressaca que lhe acomete, ele se põe sentado com os pés plantados no chão de cimento frio. O gato contrai as patas da frente, e basta um levantar de braço para que o animal assustado salte da mesa para a tevê de tubo, depois pule sobre o fogão e escape pela porta do banheiro.

O sol atravessa o teto por pequenos buracos entre as telhas desconjuntadas. Sobre o caminho de estrelas projetadas no chão, Lorenzo se dirige ao banheiro. O álcool ainda circulando nas veias, a cabeça latejando, como se tivessem dado uma colherada no cérebro. Nem sinal do gato. Minutos depois, Lorenzo sai de banho tomado, intestino leve, bexiga vazia, vestido e com sua mochila nas costas, onde leva o uniforme. Antes de sair para tomar café e pegar o ônibus até o trabalho, abre a única janela de madeira, deixando o sol e o silêncio entrarem e tomarem conta da casa. Nenhuma alma na rua, nenhum carro. Uma pipa risca o céu por trás do Bar do Louro ainda fechado, enquanto garotos brincam no campinho. Ele sai pela porta apenas para se certificar do que já havia começado a compreender: ainda é domingo. Tão logo chega a essa conclusão, volta-se para a casa, fecha a porta e a janela, e começa a tirar a roupa para depois dobrá-la cuidadosamente sobre a cadeira ao lado da mesa. Deita-se nu na cama pensando mais uma vez que deveria parar de beber desse jeito. Espirra antes de voltar a dormir.

O sol se esconde por trás dos prédios quando Lorenzo acorda com as pancadas na porta de madeira. O corpo dolorido de tanto dormir na mesma posição, a lombar em frangalhos.

"Já vai."

Põe uma bermuda e vai pisando lentamente em direção à porta, pouco se importando com o fato de a visita inesperada estar tentando acordá-lo já há algum tempo.

"Porra, Lorenzo! Tava cagando?", fala Bono em tom decrescente, como se o arrependimento o abatesse em voo no meio da frase. Basta a visão do homem à sua frente, imóvel como um Colosso de Rodes, para fazê-lo entender que o melhor é ficar em silêncio.

Bono entrega dois celulares Samsung para Lorenzo, que só reconhece a encomenda quando eles já estão em sua mão. "Fica de boa aí com o bagulho que amanhã eu passo aqui pra pegar junto com os outros, beleza?"

"Amanhã? Amanhã é segunda."

"Dizem que sim...", quase murmura, intimidado pela presença do gigante.

"Amanhã eu vou trabalhar dois turnos... Passa na terça." Lorenzo vai até a mesa de fórmica. "Entra aí e fecha a porta." Vira o móvel de cabeça para baixo, revelando dezenas de aparelhos encaixados em sacos plásticos colados sob o tampo. Os Samsungs novos vão parar em dois saquinhos ao lado de um iPhone 4, fruto de um roubo bem-sucedido nas imediações de uma faculdade em Higienópolis. Os demais celulares que Lorenzo guarda em seu esconderijo não têm origem mais nobre. Alguns vieram de assaltos nas redondezas — a maioria, porém, veio de furtos. Uns poucos, de latrocínio. Bono encosta o corpo magro na porta trancada, dá uma geral no ambiente espartano sem nenhuma expressão no rosto. A casa de Lorenzo, que demanda apenas uma passada de vista, é como o dono: sem sobras e limpa.

"Fome... Tem biscoito?"

"Não."

"Tem fandangos?"

Lorenzo mira o rapaz com o rabo do olho.

"Não tem nada nessa casa?"

"Quer água?"

"Não, beleza. Tô indo!"

"Terça. Venha aqui na terça." E de pé, após pôr a mesa de fórmica de volta no lugar, fala no meio da penumbra. "Mas não venha sem o dinheiro."

Bono concorda inclinando a cabeça. Abre a porta e some sem fazer barulho.

Lorenzo se senta na cama e pensa ser melhor sair para comer alguma coisa antes que fique mais frio. Limpa os pés com as palmas das mãos, veste uma camiseta ainda com cheiro de sabão. Lá fora a temperatura já começa a transformar a paisagem. Garotas de gorro na cabeça e botas de imitação de couro, moletons com zíper na frente e grandes letras felpudas bordadas no peito. Carros com vidros levantados, gente esperando encolhida nas paradas de ônibus.

Deixa para trás o calor úmido da sua casa atravessando o ar seco e gelado da rua. As pedras do calçamento antigo aparecem entre as brechas do asfalto denunciando a falta de cuidado, mas as lâmpadas recém-instaladas pela prefeitura projetam sombras duras sobre o chão. Os meninos da faculdade que vêm comprar erva na quebrada têm que ser bem recebidos, ironiza. A duas quadras dali está a Funchal, com seu asfalto liso como os gramados do Jockey onde os cavalos correm, os shoppings com lojas chiques, os prédios de salas comerciais, os restaurantes de comida a quilo, lanchonetes e a padaria onde costuma comer a canoa na chapa com café e leite.

Brinco de Portugal. É o nome gravado em um luminoso acima da grande porta de entrada da padaria por onde Lorenzo acaba de passar. Não fossem as gôndolas com biscoitos e doces, os incontáveis e inomináveis tipos de pão com seus lombos dourados atrás das vitrines e o aroma reconfortante de massa assada, daria para imaginar que se estava numa sala de cirurgia, tamanha a quantidade de luz branca que se derrama sobre o ambiente. Ainda vazio, o balcão em L ao longo da parede lateral e de parte do fundo é onde Lorenzo se acomoda à espera do seu Ivo, português quase septuagenário dono do lugar.

"O que vai ser hoje? Aquela canoa na chapa?"

Lorenzo acena com a cabeça e inicia uma conversa muito particular. Décadas de balcão levaram seu Ivo a desenvolver o hábito de dialogar, não importando se ele mesmo fala e responde às perguntas. E não poderia ter encontrado interlocutor melhor do que o homem que agora senta à sua frente.

"Marquinhos", seu Ivo grita para o chapeiro, "aquela de sempre aqui pro nosso comendador! Léo, o café com leite!" E se voltando para Lorenzo: "E como vai a vida?".

As duas tevês LCD de 42 polegadas da padaria estão ligadas no canal de desenho animado. Um animal que parece ser um esquilo toca um teclado que o faz ser transportado para a Lua.

"Agora é só programa infantil. Não aguento mais o noticiário. Desde a semana passada tudo nessa tevê é manifestação, manifestação, manifestação." Seu Ivo arria os braços e suspira. "É tudo a mesma coisa, meu filho, tudo a mesma coisa."

Sem muito interesse, o gigante sentado à sua frente meneia a cabeça; os olhos dando uma geral no estabelecimento como se tentassem reconhecer alguém. Faz isso ostensivamente. Seu interlocutor não se importa.

"Pelo menos estão batendo nos filhinho de papai! Viu lá o pessoal mandando a borrachada? Meu Deus, um garoto ficou com a cara toda amassada. Que coisa!"

"Pois então..."

"Sabe qual o problema de ser velho, além da gente não dar mais no couro e daquela pilha de remédios que eu tenho que tomar? O tédio, o tédio de ter visto de tudo. Isso aí, ó... é só reprise. Já vi tantas vezes esse filme..."

Lorenzo cruza os braços sobre o balcão e põe a mão direita sobre os lábios grossos, num tique de impaciência.

"Ah, mas isso deve dar em alguma coisa, sim, sempre dá", seu Ivo passa o pano no balcão como já passou mil vezes no dia e passará mil vezes no dia seguinte. "Só que em nada diferente", ele ri. "O Brasil é o único país que faz revolução para deixar tudo do jeito que está. E eu já cansei de tentar entender, meu filho. Olha o pão chegando... Léo, menino, cadê o café?"

Em pouco tempo as luzes da Brinco de Portugal se apagam e Lorenzo sai com certa dificuldade por baixo da porta retrátil de metal já a meia altura. De lá para sua casa, ele leva alguns poucos minutos, observando as ruas vazias e se misturando com as sombras. A cabeça se perde em cálculos sobre quanto renderá a jornada dupla de amanhã e quantas jornadas duplas ainda terá que fazer. Em casa, guardado do resto do mundo por duas voltas na chave, o corpo se estica sobre a cama; e o cobertor puxado sobre o corpo encerra o dia como uma cortina de teatro.

A manhã acorda com um espirro. Daí a pouco vem o segundo espasmo, que equivale àquele alarme de soneca programada nos despertadores. Por entre os cílios semicerrados ele encontra novamente o gato no meio do quarto vigiando a sua enorme figura. Lorenzo já está acostumado com o olhar. É o mesmo que desconhecidos lhe dirigem quando o veem na rua, num ponto de ônibus ou nos botecos que frequenta. Um olhar que mistura espanto e medo, um olhar que se sustenta imóvel, quase que hipnotizado por uma serpente, sobre a respiração interrompida. É esse o olhar que o indesejável visitante projeta agora. Embora o frio empurre-o para a cama, o que Lorenzo sente pelo animal na sua frente o impele em sentido contrário, e em segundos, ele já se senta com os pés no chão. O bichano levanta uma das patas dianteiras e inclina o corpo para trás, se preparando para fugir ao menor sinal de agressão, que não tarda a chegar em forma de uma sandália de borracha arremessada em sua direção e passando poucos milímetros acima de sua cabeça. Num salto o animal chega à mesa de fórmica, pula sobre a televisão, pega impulso sobre o fogão e se atira no espaço rumo à porta do banheiro, quando a segunda sandália o atinge em pleno ar. O som do corpo caindo é maior do que Lorenzo imaginava. Enquanto ele espirra mais uma vez, o gato rodopia cambaleando, mal se equilibrando sobre as patas bambas como pernas de um bêbado. A mandíbula deslocada, pendendo frouxa para a esquerda, desalinhada do focinho e das orelhas, dá um aspecto grotesco ao animal que se debate nos poucos móveis em busca de uma saída, observado com atenção e interesse por seu agressor. Um guincho de dor se envereda pela porta do banheiro sumindo junto com o vulto deformado do gato.

Com o silêncio e a placidez de volta ao lar, Lorenzo boceja, se espreguiça e se levanta para enfrentar a segunda--feira. Depois de recolher as sandálias espalhadas pelo chão, entra para usar o vaso e tomar banho, completamente alheio ao papel que lhe reservam as próximas horas.

# 14.

Cruzando com vizinhos que não lhe dão importância, Lorenzo desce a rua a pé para pegar o ônibus. Leva o uniforme na bolsa pendurada nas costas que, em proporção, parece uma mochila de criança da pré-escola. No bolso da calça um papel higiênico dobrado faz as vezes de lenço para assoar o nariz, coisa que ele faz duas vezes antes de chegar à avenida.

Ao chegar em frente à Brinco de Portugal, onde seu Ivo conversa com uma moça com avental de empregada doméstica de novela das oito e passa o pano sobre o balcão pela centésima vez, Lorenzo desiste de tomar café e decide ir direto para o prédio onde trabalha. Melhor enganar o estômago com um chiclete, além do quê, pensa ele, o nariz escorrendo e sua rinite não se dão bem com o espaço excessivamente aberto e ventilado da padaria. Na banca, compra um pacotinho de Trident, passa os olhos sobre as manchetes de futebol e ignora as notícias políticas nas capas dos jornais. Manifestantes prometem fechar novamente a Paulista. PM não admitirá depredação de patrimônio público. Movimento Irivir se divide. Movimento Irivir admite abandonar manifestações. Partidos de esquerda classificam manifestantes de "fascistas". "Não há diálogo com baderneiros", diz secretário estadual de Segurança.

Lorenzo retira da prateleira uma revista que mostra uma garota nua e de joelhos, com duas estrelas vermelhas sobre os mamilos nos peitos enormes. Giselle, a engolidora de espadas. O cão é o melhor amigo da mulher. Um é pouco, dois é bom, três é demais. Gritaria na vizinhança. Ele põe a revista de volta em seu lugar e sai desembrulhando o papelzinho encerado que envolve o chiclete.

O ônibus demora mais que o de costume. Lugar aberto por lugar aberto, ele lamenta que durante todo esse tempo poderia muito bem ter tomado café na Brinco de Portugal. Foi acabar de pensar, e a condução desponta na esquina. Quarenta e cinco minutos depois, ele está descendo na Paulista com a Ministro Rocha Azevedo, a poucos metros de onde ainda se veem as manchas pretas do carro incendiado dias atrás próximo ao canteiro central. No caminho para o prédio onde trabalha de porteiro, Lorenzo nem nota a preocupação expressa no rosto dos donos de pequenos comércios, nos olhos arregalados em alerta dos funcionários de lojas de departamento. O clima nas ruas repete o padrão dos outros dias em que manifestações tomaram conta da avenida, e uma desconfiança no jeito de andar e de conversar recende em cada uma das pessoas que avança com pressa, embora tudo isso passe despercebido pela implacável figura que, nesse momento, tem a cabeça às voltas ora com cenas picantes da revista folheada há pouco na banca, ora com celulares e smartphones receptados a lhe renderem um bom dinheiro.

Caminhando pela Ministro Rocha Azevedo em direção aos Jardins, Lorenzo cruza a alameda Santos e entra no prédio onde trabalha, a poucos metros da alameda Jaú, passando pelo portão de grades brancas com acesso liberado pelo colega que irá render: Aloísio, o porteiro da noite. O cubículo onde Aloísio deu expediente até agora, e será ocupado por Lorenzo durante dois turnos seguidos, se ergue bem ao lado da entrada no condomínio, com uma janela de vidros fumês grossos dando para a rua e uma porta lateral de madeira se abrindo para o caminho de pedras que atravessa o bonito jardim e leva ao hall dos elevadores. Banheiro, televisão colorida, bebedouro e um ar-condicionado são as comodidades da pequena cela.

"A dona Vera já veio encher o saco. Começou cedo. Tá virada no capeta! Chegou reclamando que a revista dela tá sendo entregue fora da embalagem. E perguntou por que você ainda não tinha chegado."

"O lance da revista deve ser coisa do Vladimir."

"Então pede pra ele falar com ela quando chegar."

"Ele não vem hoje. Vou fazer o turno dele."

"Vai aguentar a velha o dia todo. Jesus!"

Lorenzo cospe o chiclete duro e esbranquiçado no cesto embaixo da mesa do interfone; o mesmo destino tem o resto de papel higiênico encharcado de coriza que estava dobrado no bolso. Entra no banheiro e logo sai de lá com seu uniforme. Camisa azul de mangas curtas e calça preta. A mão desliza pela barriga sólida para alisar o tecido amarrotado e também para acariciar a fome. A portaria mal dá conta de acomodar duas pessoas, principalmente quando uma delas é Lorenzo; por isso, ele apenas passa o ambiente em revista em busca de algo para comer.

"Tem bolacha?"

"Velha."

"E o café?"

"Frio."

Aloísio ri em silêncio do colega. Autista, doido, idiota... Aloísio imagina que o mutismo de Lorenzo, seu desprezo absoluto por qualquer coisa que não se relacione às suas necessidades fisiológicas básicas e seu jeito taciturno e antissocial sejam sinais claros de algum tipo de loucura. Não foram poucas as vezes em que ele e os outros funcionários falaram sobre isso. E o fato de Lorenzo não se importar com isso, com o que falam nas suas costas, só corrobora o que Aloísio e os outros pensam: Lorenzo só pode ser desequilibrado. Dessa vez é Aloísio quem entra no banheiro. Ao sair minutos depois, está com os cabelos molhados, o uniforme guardado na mochila e o sorriso de quem vai para casa depois de oito horas de batente.

"Ah, ia me esquecendo. Chegou um pacote aí pro seu Nelson do 502. Tá ali embaixo das correspondências. Tem que entregar agora cedinho o bagulho, parece que é coisa de estragar."

Lorenzo olha com indiferença para o embrulho.

"Fica com Deus, e cuidado com a velha."

O som do portão de ferro se fechando anuncia que o Condomínio Edifício Newgate agora está sob os seus cuidados.

A encomenda do seu Nelson e o estômago roncando, as primeiras e urgentes preocupações do seu dia terão que esperar um pouco por uma solução. A essa hora, é impossível entregar qualquer pacote e tentar arrumar um café da manhã com a Priscila do 502. Até as nove e meia, dez da manhã, Lorenzo se prostrará em sua cadeira abrindo e fechando o portão automático da garagem para que os condôminos dos

29 apartamentos e seus filhos saiam para trabalhar ou estudar ou ir ao clube. Nem cagar, se fosse o caso, ele conseguiria.

Na tevê de 12 polegadas ao lado do interfone, os gols da rodada do fim de semana ou um sermão de algum pastor em programas religiosos o distraem por pouco tempo do trabalho de autômato enquanto os sedãs, os SUVs, os carros esportivos e os compactos importados sobem a rampa que dá acesso à rua, até que finalmente se restaura a tranquilidade. Tranquilidade que, sem sequer desconfiar, Lorenzo jamais tornará a ver no Condomínio Edifício Newgate.

Em pé, fora de seu cubículo, no estreito caminho de pedra, Lorenzo sente o frio se dissipar e o sol tingir de dourado as folhas verdes do jardim. A mera insinuação de calor acariciando a pele e os olhos ofuscados pelo brilho alvo do dia fazem a frequência dos espirros aumentar. Como pode um pequeno instante de prazer sensorial dar nisso? O mundo não é justo, pensa. Ajeita a calça em vários puxões sequenciais no cós, ao mesmo tempo que se dirige de volta ao cubículo para pegar a encomenda do seu Nelson.

O volume ligeiramente maior do que uma caixa de sapatos está embalado em papel pardo, sem nenhuma pista de seu conteúdo. Levanta o pacote, chacoalha com cuidado, vira de um lado para outro, observa-o de todos os ângulos, cheira-o, como um primata diante de um monólito em um processo de investigação que logo se revela inútil.

Não demora para que ele entregue o embrulho e volte para seu posto com um copo americano cheio de café quente bem adoçado e um pratinho com sanduíche de queijo e presunto com requeijão feito pela Priscila, a empregada do 502. Enquanto devora seu desjejum tardio sentado na cadeira de seu posto de trabalho, olhando os pedestres e veículos cruzando o quadro de vidro fumê à sua frente, lembra-se de Priscila, de suas mãos pequenas com unhas feitas deitando as fatias de presunto e queijo sobre a fatia de pão, de seu corpo se inclinando para colocar o simples sanduíche dentro do forno, a fim de derreter o queijo. A cintura com o debrum do avental justíssimo ressaltando suas exíguas dimensões e a bunda proeminente, sólida e densa a transbordar autoconfiança. Os boquetes ocasionais que Priscila lhe oferece são as únicas coisas que Lorenzo lamentará perder no dia em que deixar o Newgate. Ele espana os farelos de pão no uniforme, enquanto mastiga a metade do misto quente que devorou em uma só mordida. Vai sentir falta de Priscila e de sua extraordinária capacidade de dar prazer em uma ânsia tão desavergonhada que, em comparação com seu modo reservado, ou estranho, como seus colegas acreditam, ganha um sentido quase pirotécnico, de apelo religioso até. O que ela viu nele? Ele não faz ideia. Ou quem sabe ela não quisesse ter visto nada além, afinal. Ou, talvez, ele imagina sem nódoa de imparcialidade, como que desejando, ela realmente goste dele e de seu jeito introspectivo, circunspecto, rude no limite do civilizado. Em todo caso, enquanto o dia em que deixará o Newgate não chega, ele não se incomoda de aproveitar tudo o que a empregada do 502 tem a obsequiar.

O porteiro se levanta, repousando o prato sobre a mesinha do interfone e chacoalha o uniforme. As poucas migalhas que caem no chão são varridas e colhidas com uma pá, enquanto dona Vera desponta do hall dos elevadores.

Passos curtos e rápidos, braços firmes cruzados na altura do colo, o corpo magro de veias evidentes metido em um vestido cinza até a altura da canela. A sobriedade ganha contornos eclesiásticos com o xale roxo nos ombros que desce até a cintura. Quem não a conhecesse poderia imaginar que aquela senhora dura e decidida atravessando o jardim com convicção inabalável fosse uma madre superiora. No entanto, quem a conhece, do jeito que os funcionários do Newgate a conhecem, sabe que qualquer poder que tenha erigido aquela postura inquebrantável pouco ou nada tem a ver com assuntos celestiais.

"Lorenzo!"

O grito vem de longe. O porteiro se põe diante da entrada do seu casulo, esperando a ex-síndica, que se aproxima batucando as pedras do caminho com o salto baixo dos sapatos. A velha estanca a poucos metros de Lorenzo e suas mãos puxam o xale para cobrir o colo em um gesto brusco que o porteiro interpreta como um ato para salvaguardar a inviolabilidade diante de uma ameaça. O trejeito evoca o som das travas dos carros sendo acionadas quando ele se aproximava para vender guarda-chuvas, chicletes ou carregadores de celular no sinal fechado anos atrás.

"Bom dia, dona Vera!"

"Lorenzo, já é a quinta vez seguida que a minha revista chega fora da embalagem!"

"Dona Vera, eu não sei o..."

"Não quero saber quem é ou não é responsável, Lorenzo. Vocês ficam jogando a culpa de um para o outro... Não estou interessada nessa confusão! Só quero que não aconteça mais, entendeu? Você, o Aloísio e o Vladimir que se resolvam!", a voz saía fina e cristalina, com um tom opressor que sempre impressionava Lorenzo. Uma figura frágil que poderia ser partida ao meio com um movimento do seu braço ser capaz de projetar tamanho senso de superioridade. Ao porteiro só resta ficar calado.

"Outra coisa", resmunga a senhora após retomar o fôlego, "vim mais cedo hoje na portaria e você ainda não tinha chegado."

"Eu cheguei no meu horário, dona Vera. Pergunte ao Aloísi..."

"Você sabe qual é o horário. Ele não muda. Está inclusive no seu contrato de trabalho. Talvez o seu relógio esteja atrasado, não é mesmo?"

Lorenzo tenta argumentar, mas, antes de abrir a boca, entende que de nada adiantaria.

"Você está doente?", ela aponta com os olhos para o nariz do porteiro.

"Não, é só alergia."

"Pois lave suas mãos que eu não quero doença aqui nessa portaria. Vocês pegam nossas revistas, as encomendas, a correspondência...", ordena com indisfarçável cara de nojo e irritação.

Um silêncio toma conta do ar enquanto dona Vera investiga o pátio, o jardim e a guarita com os olhos. E do jeito que chegou, a ex-síndica se vai, estalando as pedras com o salto. Lorenzo engole a raiva com a mesma habilidade que suga de volta a secreção que sai pelo nariz inflamado e volta ao trabalho.

# 15.

Carolina já está acordada há algum tempo. Embaixo das cobertas, fugindo do frio, de olhos fixos no teto com aquela opacidade e falta de expressão de quem mira mais para dentro de si do que para a pintura branca que reveste o reboco acima de sua cabeça. O quarto submerge em uma aura incomum, com a cadeira onde se amontoavam as roupas do dia anterior vazia, os sapatos que outrora estariam virados e jogados a esmo pelo chão acarpetado estão pareados ao lado da cama, e os lençóis costumeiramente revoltos, escapando pelas fronteiras do colchão após noites de estripulias, hoje caem esticados, quase sem vincos, sobre as duas mulheres. Luana ressona com o corpo imobilizado pelo cansaço, pelos analgésicos e pelo enorme aparato de fitas, velcro, espuma, metal e tecido sintético que se ata à sua perna direita, da canela até a virilha.

Em um salto para tomar coragem, Carolina se levanta e se dirige à cozinha para preparar o café. Volta minutos depois com uma bandeja de pernas que pegou emprestada da vizinha no dia anterior. Ao chegar no quarto, encontra a namorada de olhos acesos.

“Ê, bom dia”, cumprimenta Carolina que mal esconde o abatimento que cobre seu rosto. “Dormiu bem?”

Luana responde com um balançar de mão. Mais ou menos. Os lábios inchados e a língua quase decepada a impedem de vocalizar qualquer coisa além de um gemido animal. E por isso, no criado-mudo, entre caixas de remédio, livros e um pequeno chocalho, um bloquinho de papel com lápis fica ao seu alcance.

“Trouxe seu café”, diz Carolina colocando a bandeja sobre o corpo da namorada, que se acomoda com dificuldade ao travesseiro no espaldar da cama. “Croissant, geleia, ovos moles, café preto e torrada com requeijão”, brinca, apontando para um líquido verde e gelado que será a refeição matinal e deverá ser ingerido com a ajuda de um canudo.

Luana sorri e, após um instante olhando para sua companheira, estica o braço para pegar o bloquinho e começa a escrever.

*Já passou, meu amor. Está tudo bem.*

“Eu sei”, responde Carolina, tentando sem sucesso guardar o bloquinho de volta.

*Não quero ver você triste assim.*

“Tá bom, tá bom... Vou melhorar, prometo. Aliás, já estou melhor”, fala desviando o olhar e ciente de que uma mentira assim não enganaria uma criança, muito menos a esposa deitada à sua frente.

Luana tenta imaginar o que se passa com a mulher que aprendeu a amar enquanto engole com cuidado o líquido verde, gelado e — ela se dá conta nesse momento — amargo.

“Vou trabalhar, meu amor. Quer que eu ligue a TV? Quer o jornal? OK. Qualquer coisa toca o chocalho. Mais tarde você tem que tomar banho, hein?", e se despede com um beijo na testa.

**Postada por LinaLinda, em 24/06/2013**

**Sobre Política e o Cubo de Rubik**

Quem leu os jornais de hoje, como eu, e tentou encaixar as peças do quebra-cabeça em que se transformaram essas manifestações deve ter se assustado quando faltou algum pedaço. Ou quando sobraram vários. A partir do momento em que as bem-sucedidas manifestações organizadas pelo movimento Irivir escaparam do seu forte, porém estreito, campo de gravitação, algo que se deu logo depois da intervenção no mínimo desastrosa da Polícia Militar, talvez tivéssemos que mudar o paradigma de análise e esquecer o quebra-cabeça plano de que até há pouco julgávamos se tratar. Talvez estejamos diante de um cubo de Rubik, que com suas múltiplas cores embaralhadas em três dimensões pode ser bem mais fidedigno ao tamanho do enigma que temos pela frente.

O que querem os milhões de brasileiros que foram às ruas na semana passada e que hoje mais uma vez irão retornar a elas? Contra quem ou o que eles marcham? O que os governos, seja na esfera municipal, estadual e, principalmente, federal, pretendem fazer para responder a essas questões que até agora ninguém conseguiu formular objetivamente? Hoje o secretário estadual de Segurança de São Paulo disse não admitir "dialogar com baderneiros". Reduzir as centenas de milhares de paulistanos que saíram às ruas a baderneiros é menos um diagnóstico ridículo da realidade do que uma tentativa canhestra de escapar de responder a perguntas que ninguém sabe ao certo quais são.

Nesse fim de semana, recebi um e-mail de um leitor do blog me solicitando uma entrevista para que eu explicasse a ele o que estaria ocorrendo no país. Era publicitário e queria um diagnóstico mais preciso para poder desenvolver um projeto sobre o qual não chegamos a conversar. Naturalmente, disse a ele que não tinha a mínima ideia do que tudo isso significa ou significará. Como li por aí, se hoje você tem certeza de alguma coisa é porque você está muito mal-informado.

**15.044 visualizações – 941 comentários**

Ele desperta sem qualquer intervenção externa; nenhum grito na rua, nenhum canto de pássaro, nenhuma buzina de um motorista impaciente sequer. Os olhos abrem porque tinham que se abrir ou o corpo assim desejava; e como uma estrada muito bem cuidada, onde não se notam emendas ou oscilações, João Paulo sai do sono tranquilo para entrar na manhã de um dia definitivo. O corpo permanece imóvel. Apenas as pupilas parecem ter vida, esquadrinhando o teto, as janelas com suas frestas cheias de sol, os vincos nos lençóis da cama.

Sente-se leve, como se flutuasse a uma fração de milímetro do colchão, e o colchão por sua vez flutuasse acima da cama, e esta acima do piso. Há quanto tempo ele não se atenta ao seu acordar? Há quanto tempo seu despertar é tão confortável? A língua umedece os lábios e toca o sangue coagulado da noite anterior. Rebeca. Lembra que sua ex-namorada mordeu sua boca, lembra do vermelho escorrendo pelo queixo. João Paulo se levanta e revolve lençóis em busca de manchas do próprio sangue. Estão todas lá.

Põe-se de pé, e em dois repuxões arranca a roupa de cama. Com tudo embolado nos braços, se dirige ao banheiro para despejar a carga no cesto de roupa suja, mijar e tomar uma ducha. Bem no meio do caminho, sente o taco de madeira grudar no pé, como se untado por uma cola. Caralho. Joga os lençóis no sofá enquanto outro taco cola no pé vizinho. Equilibrando-se agora sobre dois sapatos de madeira, tentando não piorar a situação em que já se encontra, a imagem da cerveja se enveredando pelas brechas do piso enquanto se doava aos jogos sexuais na noite anterior lhe vem à mente. Olha para baixo e vê o brilho vítreo da bebida ressecada envernizando o chão pontilhado por pequenos fios de cabelo, flocos de tecido e pó. Livra-se dos improváveis calçados, encaixa os pequenos retângulos nos devidos nichos e vai até o banheiro realizar o que já havia se proposto.

Minutos depois, João Paulo retorna da exígua área de serviço, onde cabem apenas uma máquina de lavar e pequenas tranqueiras domésticas, portando balde com água, detergente, pano de chão e rodo para dar um jeito na sala. No bolso da bermuda, traz o pote de veneno para as formigas que demorou um pouco para achar atrás de um saco de sal embaixo da pia da cozinha e que, em breve, será utilizado no genocídio que vem planejando há tempos, mas que por algum motivo ainda não havia consumado.

As formigas invasoras, as rachaduras no teto e nas paredes, o piso imprestável, tudo isso terá um fim. Senão hoje, até o fim da semana. Acredita nisso como em uma promessa sob a qual não paira nenhuma nesga de dúvida. E parte com denodo militar, empunhando rodo e pano de chão encharcado, para lavar o piso.

Chega tarde ao Bule. O ponteiro maior já aponta para o

alto quando se senta ainda sem saber se toma café da manhã ou se almoça. Ao redor, o silêncio toma conta das pessoas que se encolhem nas mesas, no balcão, de olhos baixos dedicados à sua refeição ou ao celular. Um rapaz magro de rosto ossudo e barba por fazer abre um jornal no outro lado do restaurante, e o farfalhar das folhas reverbera pelas paredes do local. Nos poucos metros que separam seu apartamento de sua cozinha particular, João Paulo já havia notado a aura diferente que reveste o dia e deixa o ruído dos sapatos se arrastando pelo pavimento mais eloquente do que as vozes de quem cruza seu caminho.

Se no dia anterior os sorrisos, gestos largos e vozes desinibidas das pessoas em tudo lembravam os dias de trégua em uma cidadezinha francesa sitiada na Segunda Guerra, a atmosfera de hoje inspira a apreensão e a insegurança que envolve os soldados quando azeitam o mecanismo dos fuzis, conferem o cantil e o fio da faca antes de matar e morrer no campo de batalha. Até a sineta pendurada na porta de entrada do café badala com mais timidez.

Um novo garçom vem à mesa com o cardápio. Antes que ele possa entregá-lo, João Paulo se antecipa pedindo ovos beneditinos, um suco de laranja e água com gás. Assim que o rapaz se afasta, ele saca o celular do bolso. Lembra que sua mãe tenta falar com ele há dias, mas agora, pensa, ela deveria estar no trabalho ou fazendo as compras da semana. Também não estava animado para levar um puxão de orelha via satélite antes mesmo de tomar o café da manhã. Uma senhora bem-vestida entra no Bule e se dirige ao balcão enquanto retira um enorme chapéu da cabeça. Um senhor se atrapalha com a própria bengala ao tentar sentar numa cadeira. Um casal de adolescentes de uniforme escolar conversa entre risinhos na mesa à esquerda da saída para a varanda. Os cabelos encaracolados da menina lembram os de Carolina.

**De: jotape@betternet.com**
**Para: carolina@linalinda.com.br**
**Assunto: E hoje?**

Oi, Carolina. Estou escrevendo pra confirmar hoje a sua, digamos, consultoria informal na Paulista. A gente tinha falado de se encontrar às 16 horas, não foi? Tudo em cima?

Beijo.

**De: carolina@linalinda.com.br**
**Para: jotape@betternet.com**
**Assunto: E hoje?**

Sim, João. Hoje às quatro. E se a gente se encontrasse na frente do Conjunto Nacional e seguisse depois para o Masp? Deve ser mais tranquilo e poderemos conversar. Esperarei você lá.

Beijo.

Diante do espelho, Lorenzo vê seu nariz em chamas. Já não espirra faz algum tempo, mas as narinas estão obstruídas, o que o obriga a abrir a boca para respirar. O artifício lhe confere um ar bestial, como um troll, alguma daquelas figuras mitológicas da série de filmes sobre Simbad, o Marujo. Bruto, enorme, bufante. A coriza escorre, não importa quantas vezes lave o nariz com água, expelindo o muco com força quase imprudente. Ele daria tudo por um banho quente, que dilataria seus vasos e aliviaria a irritação nas vias respiratórias. E imagina o toque cálido da água no couro cabeludo, nos ombros, nas costas, os vapores tomando conta do box do chuveiro, chegando às câmaras mais inacessíveis de sua cabeça, embaixo das maçãs do rosto. Lorenzo passa a toalha de rosto encharcada e encardida na face, tomando cuidado para não tocar no nariz em carne viva e, em poucos segundos, sai pelo caminho de pedras em busca da mangueira que está enrolada perto da entrada de serviço do prédio. Entre flores e pólen, ele deverá regar o jardim que se espalha por toda a frente do Newgate.

Distingue odores com dificuldade. O cheiro da terra molhada o faz lembrar de sua infância; e de uma existência simples, tranquila e caseira que ele pôde apenas imaginar em todos esses anos. Tentando apagar as reminiscências de uma vida que não viveu, concentra-se no som das folhas de costela-de-adão sendo atingidas pelo jato grosso que sai da mangueira. As roseiras, as papoulas, suas folhas pequenas se enfeitam com gotas que mais parecem pingentes refletindo a luz do sol. Às vezes, libera totalmente o fluxo do esguicho para a água cair mole e preguiçosa, sobre a grama ou uma pedra ornamental. É quando aproxima o jato de sua própria boca para matar a sede, enxaguar o nariz e lavar o ranho que desce sobre o lábio. Outras vezes, põe mais pressão no dedo que controla o fluxo, para alcançar as plantas mais distantes perto da parede ou da grade branca que separa o condomínio da rua.

Do lado de fora, os passantes observam com interesse a imagem improvável de um brutamontes regando flores. Sua presença opressiva, seu rosto largo, a rudeza das formas e das maneiras que transformaram um adolescente em um animal digno de temor e assombro o acompanham desde tanto tempo que ele nem se lembra. Não havia nada de desagradável ou escatológico em sua figura, ele não era uma atração de circo medieval, com tumores espalhados pelo rosto ou qualquer tipo de deformidade; o que espantava era o poder que seu corpo encerrava. Para um garoto que cresceu sem família, que viveu uma vida pobre em bairros que mal poderiam receber essa denominação, ser do jeito que ele era, no fundo, era uma bênção. Ou terá sido essa vida de brigas nas ruas, em botecos, visitas ao reformatório, essa vida de desentendimentos com os outros internos na hora de cagar no boi, essa vida de quebrar ossos de outros rapazes frequentemente mais velhos do que ele, de levar coça de vigias na adolescência e de policiais quando adulto, que o transformou nesse Lorenzo que impressiona pessoas até mesmo quando rega plantas em um jardim? Ele não sabe dizer e nem se interessa por isso. O que agora passa por sua cabeça é terminar seu turno e o de seu colega, voltar para casa, encher a sacola de supermercado com smartphones roubados e esperar a manhã seguinte para receber o que tem que receber.

# 16.

Antes mesmo de apertar a tecla "enter" e enviar o e-mail de resposta a João Paulo confirmando o encontro para esta tarde, Carolina já havia considerado a possibilidade de não comparecer. Ela poderia simplesmente não ter respondido, fingir que não havia recebido a mensagem ou aberto sua caixa de entrada. Não havia nada que a obrigasse a ver um homem que só há pouco soube da sua existência, e cuja rede de relações em comum se restringia apenas a uma amiga, Lígia, da qual não tinha notícias há algum tempo, para prestar uma consultoria — essa foi a expressão que ele utilizou — acerca de algo sobre o qual tinha mais perguntas do que respostas. No estado atual de ânimo, quando nem ela mesma estava suportando a própria presença, não parecia uma boa ideia manter contato próximo com ninguém, ainda mais um publicitário atrás de uma consultoria sobre os acontecimentos imprevisíveis do momento. Ao fim, porém, sentiu-se confortável em ter enviado a resposta e apenas deixado para decidir o que fazer quando estivesse se aproximando do momento do encontro. Diante do computador, embrenhada na floresta de abas abertas de seu navegador, emerge a assustadora consciência de que agora ela não consegue ser assertiva nem mesmo diante de uma simples escolha como encontrar ou não alguém completamente irrelevante.

Ao retornar ao quarto, encontra sua namorada dormindo em uma nuvem de analgésicos. O corpo ocupando o mesmo espaço de horas atrás, como se costurado ao colchão. Carolina retira o controle remoto da mão adormecida da companheira e desliga o aparelho de tevê antes de beijar a testa febril de Luana. Quando retorna ao quarto traz um balde com água quase fervente, sabonete líquido e apetrechos para um banho. Antes que ela se ajoelhe ao lado da cama, Luana abre os olhos e sorri com amor.

Quando a esponja toca, cheia e quente, a pele de sua perna nua, ela fecha os olhos numa agradável mistura de repulsa e atração. As bochechas se contorcem em um sorriso interrompido pela língua inchada. Devagar, com cuidado para não encharcar os lençóis, Carolina cobre toda a extensão da perna de Luana com uma fina camada de espuma, e o calor da água espalha o cheiro familiar do sabonete. Carolina interrompe o banho e se levanta. Abre a janela ao máximo deixando a luz inundar o cômodo e uma leve brisa entrar, enquanto Luana ergue o tronco com esforço para tirar a camisola. Carolina retoma sua tarefa, espalhando pacientemente espuma pelo corpo da namorada e logo em seguida enxaguando com a toalha umedecida. Primeiro a perna, a coxa, os quadris e o baixo-ventre. Depois a barriga, o umbigo delicado, as costelas. A esponja desliza entre os seios, acaricia os ossos da clavícula e o longo pescoço, retorna pelo seio direito, a auréola, o bico. Depois o esquerdo. Luana se ergue, deixando as costas à mostra para ser acariciada pela esponja. O trabalho recomeça, primeiro os ombros, depois as escápulas. O corpo que Carolina deveria ter defendido com ferocidade, que deveria ter protegido com fúria. Mas ela fez o que pôde. Fez? Sim, eu arranquei um pedaço do rosto de um homem com meus próprios dentes. Eu senti a pele e os músculos se rasgando, o som da carne sendo dilacerada vibrando na minha caixa craniana. Eu fui selvagem. Ela foi selvagem, foi um animal. Mas sua mulher está ali, na sua frente, quebrada, partida. As lágrimas correm pelo seu rosto, sem que ela possa fazer nada para impedir que molhem os lençóis da cama.

O sol já está no quarto final do seu expediente quando Carolina sai do banheiro com o corpo enrolado numa toalha branca. O cabelo continua seco, ela não teria tempo de cuidar de tantos cachos antes de sair para a avenida Paulista e, mesmo se tivesse, não queria que o som estridente do secador desviasse Luana do sono profundo. Atravessa o quarto ao se dirigir ao guarda-roupa, e em instantes, como de costume, está vestida. Leva uma pequena bolsa a tiracolo e o celular. Confere no aparelho se Fernanda, sua amiga que também cobrirá a manifestação, enviou alguma mensagem. Os pequenos pontos luminosos indicam apenas a hora. Três da tarde.

Sai do prédio e desce a rua rumo à Rebouças ainda refazendo na cabeça os passos de minutos atrás, para se certificar de que havia lembrado de tudo. As janelas e o gás de cozinha foram fechados, os pratos estão lavados, água, suco e canudos e celular na mesinha ao lado da cama de casal, e um bilhete escrito no bloquinho de papel de Luana com um beijo estampado em vermelho sobre a mensagem, a porta da frente trancada que ela pensava ter esquecido de fechar, e subira todos os andares de volta apenas para se dar conta de que seu lar estava, sim, inviolável.

Agora, andando resoluta, como se a história com H estivesse apenas à sua espera para acontecer, Carolina se lembra finalmente de como é ser Carolina em todo o seu esplendor. Os pulmões se enchendo de ar, o coração batendo, nem rápido nem devagar, o ritmo que até há poucos dias regia todas as coisas, o mundo, a rotação do planeta, a transladação, o dia, a noite, o trabalho, tudo desde sua infância. Carolina parece sentir as hemácias, os glóbulos e plaquetas tocando as paredes de seus vasos sanguíneos, seguindo incansáveis seu caminho cíclico e eterno, irrigando os músculos com energia, com o único propósito de mantê-la alerta e pensante. E ao chegar na Rebouças, com os olhos abertos para a multidão que sobe a Paulista, as faixas estendidas, os cartazes, os rostos pintados, os ônibus parados no fluxo, ela tem certeza de que este é um grande momento para se estar viva.

O estupor da contemplação é quebrado pelo matraquear das hélices dos helicópteros que flutuam acima do asfalto. O som característico se expande em todas as direções, se chocando nas janelas, nas fachadas e medianeiras de concreto nuas, repercutindo entre os prédios. Lá de cima, o manto de cabeças a cobrir o chão tem as proporções épicas das multidões que entravam no Coliseu, que construíam pirâmides, que perdiam a vida em troca de ouro em Serra Pelada, pensa Carolina, imaginando-se destacada da cena, em uma perspectiva mais ampla.

Ela chega ao canteiro central da avenida. À sua frente, a caravana de carros, ônibus e vans se conforma com a imobilidade. Motoristas saem dos veículos, encostam-se na lataria e fumam cigarros ou se perdem nas armadilhas eletrônicas do celular. Um senhor magro, de cabelos brancos e óculos quadrados apoiados sobre o enorme nariz, sai de um furgão e grita para os passantes. Os palavrões são ignorados, poucos se dão ao trabalho de tentar entender o que o velho fala, o que o faz ficar ainda mais destemperado. Com o dedo em riste, ele se aproxima de uma garota que porta uma bandeira apoiada no ombro. A menina não para, como também não param todos os que vêm atrás.

Carolina atravessa a metade que resta da avenida. Imaginando a dificuldade que seria se locomover pela Paulista, decide ir por baixo, pela Lorena ou pela Oscar Freire. Seria uma caminhada mais tranquila e rápida, livre de contratempos. Então desce no contrafluxo, desviando dos manifestantes, das pessoas atarantadas que tentam alcançar a Consolação e a Dr. Arnaldo para pegar um ônibus para casa, e dos buracos e postes. Abre um pacote de chicletes de hortelã e joga um tablete na boca, arremessando o papel encerado numa caçamba cheia de entulhos de obra estacionada no passeio. Ao aprumar a vista no rumo da avenida Paulista cada vez mais distante, como se para se certificar da decisão que havia tomado, vê o velho, que há pouco gritava com pessoas, agarrando uma faixa e tentando rasgá-la. Seis ou cinco homens se dirigem a ele, um dos quais o pega pelo pescoço derrubando-o no chão. Um senhor que poderia ser seu avô, o avô de Luana, um senhor que pode ser o avô de qualquer um, engolido pela multidão. Vaias e gritos de incentivo abafam por instantes o som das pás dos helicópteros.

Os pés primeiro, depois as mãos e os braços e finalmente a cabeça e o tronco se deixam molhar pelo jato poderoso e morno que sai do chuveiro. Já com a espuma do sabonete espalhada pelo corpo, João Paulo se dá conta de que toma seu segundo banho do dia em um intervalo de poucas horas. Talvez a excitação do momento o tenha feito se esquecer do primeiro asseio, talvez apenas a vontade de passar o tempo com rapidez o tenha feito investir alguns minutos em uma ação qualquer que não se resumisse a imaginar o tempo passar e ficar olhando o relógio a cada segundo. De qualquer forma, após o enxágue e o uso da toalha, João Paulo sente vergonha e enrubesce ao constatar que, de fato, havia se lavado para se dirigir a uma manifestação no meio da avenida Paulista, entre milhares de pessoas, adolescentes, sindicalistas, jovens idealistas, velhos oportunistas, veteranos da luta contra a ditadura, como se na verdade estivesse se arrumando para ir jantar com a namorada ou ir a uma festa. Tenta sufocar o pequeno vexame particular desviando o olhar do espelho enquanto se inclina para escovar os dentes, mas só o apertar de um tubo de creme dental antes de ir a uma manifestação torna a jogar na sua cara a condição de marinheiro de primeira viagem. Um tanto irritado, gargareja água para se livrar do sabor de hortelã da espuma na boca e desiste de pôr desodorante, saindo do banheiro em seguida. Foda-se o desodorante. Segundos depois, retorna meio encabulado para borrifar o spray nas axilas: iria conhecer Carolina.

Olha para o relógio na tela do computador: ainda faltam trinta minutos para o encontro. Da sua casa até lá são menos de dez minutos de caminhada, talvez quinze em um dia muito movimentado. Imagina que levará vinte e poucos minutos em um dia como hoje e começa a se vestir. Uma calça jeans, um tênis confortável, uma camiseta e uma camisa xadrez por cima por causa do frio. Pensa em levar um bloco de notas e uma caneta, mas imagina que não se use mais esse tipo de apetrecho profissional hoje em dia; além do mais, não teria onde carregá-los. Lembra que poderá usar seu celular para gravar qualquer conversa, tirar fotos e escrever no aplicativo de notas, e se dá por satisfeito. No caminho da porta, um estrondo seco chama sua atenção.

Um pedaço de reboco do tamanho da sua televisão de plasma se desprendeu da parede e foi ao chão ao lado da cama. João Paulo volta até a sala. Em frente ao criado-mudo, junto ao rodapé, os escombros. Na parede, um quadro terracota orna a superfície branca maculada por rachaduras de diversos tamanhos. Uma singela nuvem de pó, que lembra os rastros de um feitiço nos filmes de fantasia, paira sobre o entulho. Põe as mãos na cintura, confere as horas no display do DVD, torna a encarar os pedaços de cimento, tinta e areia espalhados no chão. Imagina que mais tarde, ao voltar da Paulista, a sujeira toda terá desaparecido, como o taco na sala que até hoje não se sabe onde está. Mas a fantasia juvenil se curva à realidade: nem o vazio no piso da sala está ocupado por outro bloco de madeira, nem as rachaduras estão se regenerando por si só, nem as formigas parecem estar indo a outro lugar além do banheiro e da cozinha. Ele sabe, mas também sabe que não pode se atrasar. Em instantes está com os dois pés na calçada em frente a seu prédio.

Sem perder tempo, vai até a esquina com a Consolação e se mistura ao desaguadouro de gente que sobe pela calçada em direção à Paulista. A seu lado, um casal de jovens, com as cores da bandeira pintadas nos rostos de lábios rosados, anda de mãos dadas. Mais à frente um grupo de meninos e meninas segue com camisas vermelhas surradas. Os sapatos e sandálias gastos, as calças jeans baratas e apertadas de pernas curtas que descortinam as canelas dão a João Paulo a certeza de que se trata de garotos da periferia. O passeio estreito não comporta homens e mulheres carregando cornetas, faixas e cartazes dobrados. Ao se deparar com jardineiras que ladeiam o caminho, o cortejo empaca, formando gargalos inevitáveis aqui e ali. Por vezes, o alcance dos passos é contado aos milímetros e os corpos se compactam em um cardume de sardinhas verticais. Um carro tenta sair da garagem formando uma barragem de metal no meio da calçada, o que interrompe o fluxo das pessoas. Os mais impacientes atravessam na frente do automóvel, oferecendo o corpo perigosamente para os veículos que descem fugindo da bagunça instalada na avenida mais importante do país. E, após uma centena de metros de subida, João Paulo começa a aventar a possibilidade de se atrasar para o encontro, o que o deixa preocupado.

Impaciente, checa as horas no celular. Irritado, estica o pescoço procurando tomar pé do que acontece adiante na enorme comitiva sem fim. Lembra também de colocar o aparelho junto com a carteira no bolso da frente da calça — é assim que costuma fazer quando enfurnado no meio de multidões em shows ou na saída de estádios de futebol.

Por fim, resolve subir a rua no meio dos veículos. Ao se livrar da massa que o impedia de prosseguir, observa que mais adiante outras pessoas haviam tomado a mesma decisão, invadindo a pista. Olha para trás e nota dezenas de outros manifestantes ocupando o lugar dos automóveis, várias dezenas que em breve se tornarão centenas e possivelmente milhares. Pela primeira vez se sente um deles, o que o faz sorrir encabulado, mas com orgulho indisfarçável. Nem as buzinas descontroladas dos carros e os gritos raivosos dos motoristas fustigados pela horda de invasores o impedem de curtir seu pequeno momento de glória. Ao contrário, João Paulo bate com a palma da mão no teto de uma perua à sua frente e segue correndo por entre os veículos forçosamente estacionados no meio da rua da Consolação como se ela fosse sua casa.

Ao chegar no topo da subida é confrontado com a imagem da avenida Paulista tomada de gente. Só aí, enquanto recupera o fôlego, consegue ouvir os primeiros gritos de guerra, as palavras de ordem rasgando as gargantas de rapazes e moças bem jovens, os discursos amplificados com o auxílio de sistemas de som precários e megafones estridentes. Por alguns instantes se esquece do compromisso com a jornalista de cabelos cacheados e tenta deslindar o espantoso painel que se forma diante dos seus olhos. Como um bêbado, rodopia sobre os calcanhares, atordoado, maravilhado — se tivesse mil olhos como monstros de desenho animado infantil nenhum deles estaria mirando o mesmo lugar. O mendigo com a faixa verde e amarela, o senhor com a barriga de fora tomando uma cerveja, o grupinho de adolescentes paquerando sentados na calçada, duas senhoras de mãos dadas com a bandeira do Brasil enrolada nos corpos vindo contra a maré de manifestantes, um homem panfletando enquanto fuma um cigarro, um pipoqueiro, um rapaz vestindo uma camiseta com a efígie de Che Guevara com orelhas do Mickey, um padre com palito nos dentes observando o movimento atrás das grades da janela.

A muito custo, João Paulo se concentra: Conjunto Nacional, quatro horas da tarde. Apressa o passo enquanto o papel laminado cai do céu constelando o pavimento, o cabelo e as roupas do mais novo manifestante da cidade.

A poucos quarteirões dali, com os braços de granito escanchados entre as grades brancas que protegem o Newgate, Lorenzo mais parece um presidiário. Nem a caneca lhe falta, pendendo no dedo indicador, enquanto contempla o trotar apressado dos que passam, uns subindo em direção à Paulista em grupinhos animados, outros descendo, irritados e dispersos, gesticulando aos celulares, tentando descobrir algum outro meio de chegar em casa. Dá um último gole na água, antes de se entediar de vez e partir de volta a seu posto de comando, puxando o cinto e arrumando o cós da calça.

Olha no pequeno espelho do banheiro o nariz esfolado. O halo lustroso da coriza reveste a narina por dentro como se esperasse apenas o momento certo para escorrer até o lábio. Lorenzo se curva, expele o muco com força na pia e mergulha a face na piscina de água gelada formada pelas conchas das mãos. O banho funciona como lenitivo, acalmando o ardor, e as bolhas da hidromassagem improvisada, com bufadas de quando em quando, reduzem o incômodo. Como da última vez, enxuga o rosto com cuidado para não tocar no nariz.

Senta-se no banco que range quase se partindo e fica prostrado olhando para o teto, para a mesinha à frente. Levanta-se, examina os escaninhos de cada apartamento para ver se não encontra uma revista esquecida, um pacote de biscoito que algum condômino pediu para guardar ou qualquer coisa que sirva para passar o tempo. Lembra de um cortador de unha jogado na gaveta à sua frente, mas não o encontra, mesmo depois de retirar todos os panfletos de pizzaria, comunicados da prefeitura, um bilhete azul amassado, pacotes de camisinha e canetas Bic sem carga e sem os fundilhos de plástico azul. Entediado como um elefante de circo, Lorenzo tem apenas o som dos helicópteros sobrevoando a vizinhança para se distrair; e, tendo voltado a seu cubículo minutos atrás, torna a sair para tentar se animar com as máquinas zanzando, para lá e para cá, perto das nuvens. Quem sabe um desses filhos da puta cai aí de cima? Mal conclui o pensamento agourento, Lorenzo é surpreendido pela visita de dona Vera já despontando no hall dos elevadores aos gritos.

"Lorenzo! Lorenzo!", berra enquanto se aproxima, mantendo distância segura e já fechando o casaquinho na demonstração acintosa de recato e receio.

"Sim, dona Vera..."

"Você está vendo na tevê? Esses baderneiros não têm mais o que fazer?!"

"..."

"A manifestação, homem! Agora, dia sim, dia não, esses marginais fecham a Paulista pra fazer baderna. Bando de vândalos, que não tem nenhum respeito pelas pessoas! Olha, se eu fosse presidente...", balança a cabeça em reprovação numa mistura de indignação e raiva.

"E o que é que a senhora quer que eu faça?"

"Os portões, as trancas das portas, como estão? Você preste atenção quando for abrir os portões para os moradores entrarem, principalmente o da garagem, porque o que não falta nessa Paulista hoje é marginal, delinquente! Trabalhador não tem nenhum, mas vagabundo..." E continua falando mais consigo mesma do que com seu interlocutor: "Do jeito que você é meio idiota vai acabar deixando um desses entrar..." E prossegue se dirigindo a Lorenzo: "Pare de pensar naquela crioulinha empregada do Nelson e fique de olho!".

"Sim, senhora."

Antes de encerrar o falatório, volta em direção aos elevadores abanando as mãos para o alto num espalhafato teatral. "Da última vez foi um inferno aqui nessa rua... Uma gritaria, uma balbúrdia! Deus me livre!"

A crioulinha empregada do Nelson, pensa Lorenzo. A crioulinha empregada do Nelson.

# 17.

Tá, tá, tá, tá, tá, tá, tá, tá, tá, tá, tá, tá, tá, tá, tá, tá! Carolina estremece com o estrépito que rompe de todos os lados. Pensa estar no meio de uma praça de guerra. Tá, tá, tá, tá, tá, tá, tá! A fumaça branca surgindo por trás do prédio de vidro, em pequenas bolotas, desfaz a ilusão: apenas fogos. Carolina acelera o passo.

Cruza a Bela Cintra, a Haddock Lobo. Sobe pela Augusta, descobrindo frestas escondidas no meio dos blocos de manifestantes que também se dirigem à Paulista. No contrafluxo, homens banhados e apressados, com carteira de cigarros no bolso da frente da camisa, vindo dos prédios em que trabalham como porteiros, seguranças ou vendedores, e mulheres com cabelos presos, batom na boca e sacolas plásticas nas mãos, cheias de quinquilharias, panos, roupas. Alguns levam seus filhos do lado, outros vão em busca das crianças nas saídas das escolas. Nenhum deles aparenta se preocupar com o espetáculo a poucas quadras dali.

“Não se importam...”

Ela suspira e chama a atenção de uma moça ao lado coberta com a bandeira de São Paulo e suas faixas pretas e brancas. As duas sorriem, desconcertadas. No outro lado da rua, dois rapazes levantam uma faixa onde se lê "Sem Violência" enquanto gritam com seus amigos versos que se dirigem a policiais militares que ainda não apareceram. "Ei, fardado, você também é explorado!" Carolina segue mais rápida se desviando de cotovelos, dando trancos em manifestantes na contramão da calçada, baixando a cabeça para escapar de um cabo de bandeira, de uma corneta de plástico. Cinquenta metros adiante, já no cume da ladeira, funcionários do Departamento de Trânsito alinham cavaletes de madeira, interrompendo o tráfego para a Paulista e deixando os últimos veículos saírem da avenida em fuga aliviada. Ao emergir da Augusta e chegar na alameda Santos, surpreende-se com a massa compacta que já avança pela Paulista ao fundo. À direita, o Conjunto Nacional, com suas portas de grades sendo cerradas. Continua pela alameda Santos até a próxima rua, entrando à esquerda e prosseguindo rápido pelos poucos metros que a separam da avenida.

O descortinar do cenário pela esquina de prédios altos é avassalador. A massa de pessoas escorre pela avenida feito lava. Um murmúrio alto, difuso e infinito lembra uma onda monumental que não para de quebrar na beira da praia. Da multidão que se estende até o horizonte espetado de bandeiras e faixas, lufadas de fumaça cachimbavam aqui e ali, como se fossem válvulas de escape de uma máquina que Carolina não sabia nomear.

O momento a obriga a descer as mãos pela calça jeans para se certificar de que trouxe seu celular. Na bolsa a tiracolo, um bloco de papel com caneta também está lá. Ela sorri e estremece, não sabe se de pavor ou de euforia. Diante da jornalista, o que desfila é a história.

A quarenta e cinco metros dali, na frente do Conjunto Nacional, João Paulo estende os olhos nas brechas da multidão em busca de sua consultora informal e dona de seus mais recentes desejos. Baratinado é a palavra que melhor o define no momento. Baratinado não apenas pelo trabalho inútil de tentar divisar a moça de cabelos encaracolados no meio daquele vertiginoso desfile de figuras aleatórias, estranhas; mas também pela comoção de um ajuntamento de tal variedade, uma massa fervilhante que seus olhos mal conseguem abarcar, disfarçando sua diversidade em um único corpo vivo e serpenteante.

O celular verificado pela enésima vez na última hora agora vem com uma novidade: sem sinal. Ele levanta o aparelho acima da cabeça, girando-o em busca de algum daqueles pauzinhos que identificam a presença de rede telefônica. "Caralho..." Joga o aparelho dentro do bolso e torna a procurar Carolina entre os manifestantes sem esperança de encontrá-la. Ouve a última porta do Conjunto Nacional ser baixada com aquele estrondo característico. Entrou quem tinha que entrar, e esses estão a salvo.

Na calçada oposta, manifestantes de bandeiras em punho acuam um grupo entre uma banca de revistas e uma caçamba de entulhos de construção. Pessoas se afastam da desordem correndo de um lado para o outro, enquanto os dois bandos travam um patético cabo de guerra segurando em cada ponta de uma enorme faixa vermelha de pano. O barulho da avenida tomada impede que qualquer palavra pronunciada com raiva no confronto chegue aos ouvidos de João Paulo, embora os rostos inflamados dos envolvidos estejam bem ao alcance de seus olhos. Um rapaz de cabelo raspado se agarra à faixa com raiva. Os dedos furam o tecido grosso e os braços tratam de esgarçar as fibras. O rapaz irado gira tronco, o punho atravessa a trama de algodão; a força dos músculos abre um rombo, que se esgarça rapidamente, transformando a faixa num farrapo. Os trapos que, ao final, cabem aos dois times são logo arremessados sobre o teto da banca de jornal.

Um rapaz com um megafone verde e amarelo passa a seu lado.

"Fora, corruptos! O país não é de vocês!"

Um som estridente de sirene sai do aparelho, irritando os manifestantes ao redor e arrancando risos dos mais próximos. Outro rapaz tenta tirar o megafone das mãos do primeiro às gargalhadas. As duas mulheres em volta separam os dois marmanjos, que agora começam a entoar o hino nacional com a mão no peito. Estão apenas se divertindo, pensa João Paulo. Enquanto andam, angariam simpatizantes aqui e ali que engrossam a cantoria. E logo depois o que era brincadeira se torna algo mais sério, com dezenas de pessoas seguindo o que sabem da letra com genuíno fervor, braços levantados com punhos fechado no ar. Mas um novo toque de sirene saindo do megafone bicolor basta para desarrumar o coral e fragmentá-lo em grupelhos independentes. Os que ainda continuam a cantar não demoram também a se esquecer do fervor patriótico e tornar a se distrair com outros divertimentos.

Lá em cima, decalcado no céu de azul profundo, um bando de pássaros brancos irreconhecíveis aos olhos de João Paulo se dirige ao que ele presume ser o parque do Ibirapuera. A formação clássica em V se desloca com perfeição, sem que ave nenhuma atrase ou se adiante em seu papel. Até o bater das asas é sincronizado, movimento ensaiado durante anos ou, mais precisamente, milênios. A esquadrilha segue impávida, sendo contemplada pelo minúsculo espectador solitário a algumas dezenas de metros abaixo, para sumir após alguns instantes atrás de um dos prédios de escritório.

# 18.

A lembrança de João Paulo, o homem que ela deveria ter encontrado horas atrás na frente do Conjunto Nacional e que havia lhe pedido uma entrevista e que ela jamais havia pretendido conhecer, ou mesmo conceder a ele a possibilidade de uma conversa, veio à sua cabeça com uma ponta de remorso por tê-lo trazido para o meio daquela multidão. Até onde sua vista alcança, só se contam pessoas que se movem empurradas por uma maré que ninguém sabe ao certo aonde desaguará. A memória que ela tem de João Paulo é eclipsada pelo cheiro de maconha.

Na ponta dos pés, Carolina vê ao longe pequenos clarões que se abrem ao longo da avenida. As bandeiras lhe evocam estandartes de exércitos medievais se preparando para a batalha. Apesar de tudo o que acontece ao seu redor, consegue ouvir os gritos. "Sem partido! Sem partido! Sem partido!"

Carolina olha para a tela do seu celular que continua de um azul brilhante imaculado e tenta imaginar onde está sua colega de trabalho Fernanda. No HD do aparelho, dezenas de entrevistas, fotos e pequenos arquivos de vídeo a deixam contente pela tarde produtiva de trabalho. Mas isso, como ela sabe, é só o começo.

A multidão volta a se adensar à medida que se aproxima do Masp. Ela percebe a poucos centímetros acima de sua cabeça a camada de ar frio que paira sobre as pessoas, mas agora ela só parece sentir o calor da hora e dos humores que escapam da pele e das bocas das pessoas ao redor.

Os primeiros jovens encapuzados aparecem com lenços e camisas cobrindo o rosto, deixando apenas os olhos atentos do lado de fora. A lembrança dos black blocs nas cidades da Alemanha, das montanhas de entulhos e carros incendiados na França, nas manifestações em Seattle, dos jovens mascarados nas revoltas populares em todos os lugares do planeta sopra uma fagulha dentro de Carolina, e pela primeira vez a jornalista sente medo. Saca o celular e tira algumas fotos que saem tremidas. Os garotos a encaram com semblante intimidador; os olhos arregalados atingem com força a pessoa de Carolina. A pele à mostra reluz o suor, os dentes arreganhados... São jovens, não devem ter mais do que 25 anos, pensa ela. O maior deles, muito alto, enfia a mão no bolso da calça para pegar algo que a escuridão encobre. Ela checa as imagens e decide fotografá-los novamente. Levanta o celular e começa a clicar com rapidez, duas, quatro, seis, oito vezes. Os rapazes se aproximam; no visor de cristal líquido do smartphone parecendo cada vez mais perto, até sair de foco. Um deles grita alguma coisa que ela não consegue entender. Carolina dá as costas e some.

A noite é preta e dura, vazada apenas pelas lâmpadas que incandescem os topos dos postes e a frente das lojas fechadas. Não há estrelas, apenas as luzes dos helicópteros. A multidão agora se compacta. Os passeadores de cachorro, os namorados deslumbrados, os jovens exultantes, as famílias felizes por exercitarem o civismo fora das redes sociais, os desavisados, os trabalhadores que voltavam para casa, os meninos que fugiram da escola para paquerar na rua, os jovens que deram uma escapadinha do escritório para acompanhar a agitação, os manifestantes de primeira viagem que já se deram por satisfeitos em gritar duas ou três palavras de ordem, todos eles deixaram a Paulista. A massa agora é um enxame.

Perdido em algum lugar entre a Augusta e a Ministro Rocha Azevedo, João Paulo já deixou para trás as pretensões de encontrar Carolina. O celular continua sem sinal, e ainda que estivesse conectado de nada adiantaria. Há tempos ele não liga mais para o aparelho no bolso. Sua atenção está nas pessoas. Se soubesse que era tão comovente o evento que o acolhe nessa noite, teria vindo para as ruas antes. Ele se empolga com o rumor e as vozes na avenida, seu esfuziante colorido, e nem o fato de que não encontrará mais Carolina essa noite parece ser capaz de incomodá-lo.

Mergulha na manifestação sem saber ao certo o que fazer. Hesita, olha para os lados. Sente falta de ter algo nas mãos, um cartaz, uma buzina ou um apito. Enfia as duas nos bolsos, mas logo as retira para apertá-las entre si. As mãos e o seu próprio corpo parecem deslocados no espaço. Comporta-se como um universitário tentando apreender em uma tarde um curso de quatro anos, uma criança barbuda com rugas balbuciando um alfabeto incompleto e contando até dez de mindinho a mindinho. Deveria gritar alguma coisa? Poderia ter pintado o rosto, posto uma faixa na testa — sua cabeça de redator publicitário o faz compor dezenas de cartazes imaginários. Não sabe nem cantar as canções de protesto nem os chistes com suas rimas divertidas. Se houvesse vindo com alguém, não se sentiria tão inadequado. É quando lembra que deveria estar agora com Carolina, embora logo se desfaça desses pensamentos. Prefere tentar decifrar os códigos que o deixariam mais à vontade naquele cenário. Quer se sentir em casa, a rua deveria ser sua grande poltrona. E continua acompanhando o fluxo da passeata, procurando se portar como um veterano de grandes lutas populares.

De súbito, uma coluna humana com smartphones e câmeras passa correndo, contorna por trás o bloco de pessoas em que João Paulo se encontra enfiado e segue em disparada rumo à calçada oposta. Jornalistas, acredita ele. Um cinegrafista sobe em uma mureta no passeio, erguendo-se cerca de um metro acima do comboio que desce a avenida. Um a um, os demais se enfileiram na mesma mureta e apontam a câmera para um alvo logo adiante. João Paulo fica nas pontas dos pés e tenta identificar o motivo de tanta atenção, mas vê apenas cabeças, faixas, bandeiras e mãos erguidas. Decide ir à calçada e subir em uma espécie de grade que cerca uma árvore. Estica o pescoço para ver, uns bons metros além, um cordão de policiais.

# 19.

O burburinho se dissipa. Como o zunido da bomba interrompido pouco antes de explodir no solo. Os manifestantes na linha de frente erguem os braços com punho fechado, enquanto entoam gritos de resistência acompanhados apenas pelos insistentes motores dos helicópteros. Alguns escondem o rosto atrás de máscaras e tiras de roupa, mas a maioria não. Do outro lado, policiais se protegem com escudos e capacetes. Ainda em cima da precária estrutura de metal que cerca a árvore na calçada, João Paulo observa com olhos secos o teatro de guerra.

Quando o silêncio se torna insustentável, a massa volta a gritar em sincronia. "O povo acordou, o povo decidiu: ou para a roubalheira ou paramos o Brasil." Os versos se sucedem sem pressa, mas com a força de milhares de pulmões. João Paulo volta os olhos no rumo da Consolação. Já não se contam tantas pessoas como minutos atrás. É possível ver manifestantes descendo as ruas secundárias em direção às suas casas ou a bares nas proximidades. Mais ao longe, João Paulo divisa outra linha de policiais já formada caminhando para a grande aglomeração da qual ele faz parte. O publicitário checa as horas em seu celular ainda fora do ar e desce da armação de metal decidido a voltar para casa, quando tem sua atenção capturada por um rapaz surgindo entre os prédios da Ministro Rocha Azevedo. Aba azul do boné escapando por baixo do capuz do moletom preto, mochila nas costas, calça jeans justa e coturnos. O rapaz caminha sem pressa e sem olhar para os lados, entre os manifestantes cansados. Desloca-se resoluto, sem indício de hesitação. Enquanto se aproxima, coloca a mochila junto ao peito, de onde pode vasculhar seu interior com mais facilidade. João Paulo não reconhece o objeto avermelhado que o rapaz agora tem nas mãos, após se abaixar para fechar o zíper da mochila. Andando pelo meio da avenida, às vezes sobre o canteiro central, às vezes sobre o asfalto, ele percorre dezenas de metros sem ser incomodado e sem incomodar ninguém, cruza a linha de visão de João Paulo a uns dez metros carregando o peso vermelho na mão direita e continua até chegar à franja do bloco maciço de manifestantes. Pende o corpo para trás. Em um movimento rápido de estilingue, arremessa o trambolho sobre a massa compacta do protesto. O peso atravessa o espaço vazio que separa policiais de civis e cai com um ribombo seco no meio da tropa armada.

Momentos antes, Carolina conversa com um colega jornalista. Trocam ideias sobre a noite que se desenrola tranquila. Conversam sobre mascarados e sobre o enorme aparato policial de repressão presente na avenida, tentando antecipar em que momento a paz dará lugar à batalha campal em que se transformaram as outras manifestações. Seu colega se despede e se dirige para baixo da marquise do Masp, onde a Polícia Militar instalou um posto de comando improvisado. Carolina volta então ao meio da avenida. Passa a notar o vapor que sai da boca. Não que esteja mais frio. Na verdade, constata, a multidão perdeu densidade: encontra vazios por onde olha, rodas de jovens batendo papo, gente indo embora. O calor dos corpos só aquece quem está na linha de frente da manifestação. Decide então ir até lá, aproximando-se pelo flanco esquerdo: não gostaria de ser surpreendida por um refluxo violento da massa. No caminho, checa a bateria do celular. Vai pela metade, o que é o suficiente. Embolsa o aparelho, respira fundo e segue pelo asfalto, arrumando os cachos de seu cabelo volumoso. Tira um elástico que ela nem sabia estar no bolso da calça e fica aliviada por poder juntar todos os fios em um grande coque. Atenta para o megafone verde e amarelo de um homem a poucos passos de distância. A figura simpática tem o poder de abrir um sorriso no rosto de Carolina enquanto ela se avizinha. A multidão começa a gritar em uníssono: "O povo acordou, o povo decidiu: ou para a roubalheira ou paramos o Brasil". O dono do megafone acompanha o coro com sua voz elétrico-metálica. "O povo acordou, o povo decidiu: ou para a roubalheira ou paramos o Brasil". À medida que a jornalista se aproxima, as palavras que saem do objeto lhe chegam mais claras. Antes mesmo que as operações lógicas em seu cérebro lhe digam para parar de sorrir, o inconsciente trata de se antecipar. E a cada passo que dá em direção ao homem vocalizando no aparelho, seu sorriso se desfaz um pouco, derrete-se pela face, as sobrancelhas pendem das marquises dos olhos, os lábios perdem a cor, o queixo despenca e seus joelhos começam a fraquejar. Nesse momento, o homem para de falar e começa a chacoalhar o objeto e a dar uns tapinhas em sua casca de acrílico. E então Carolina pode ouvir sua voz livre de disfarces, límpida e assustadora.

"Quebrou. Ou tá sem bateria."

Ela conhece essa voz. E como se as sinapses se formassem lentamente, talvez não acreditando na ideia e na imagem que elas próprias estavam engendrando, Carolina sente o tempo se dilatar. Encapsula-se dentro de si mesma. Sente seu rosto formigar. As orelhas começam a esquentar, enquanto um frio ártico congela seu estômago. Não ouve mais nada, os gritos da manifestação, helicópteros, o trinado dos apitos e o barulho dos batuques; não vê nada além daquela pessoa à sua frente, sacudindo o megafone bicolor. Ela conhece essa voz.

Recua. Os passos para trás saem acanhados. Os músculos das pernas parecem ter vontade própria e a clara intenção de fazer o resto de Carolina desabar no asfalto frio. Aterrorizada, ela se afasta da figura que jamais imaginaria voltar a encontrar. E, ao mesmo tempo que lágrimas descem por seu rosto, um turbilhão de lembranças volta a torturá-la: a noite, os gritos, Luana, seu amor machucado, maltratado, a mordida, o naco de carne que ela arrancou do rosto de um deles, o gosto do sangue e a voz.

O homem passa o megafone ao amigo que também não consegue fazê-lo funcionar. Carolina se agacha na calçada, abraça o próprio corpo em um choro doído, aprisionada pelo medo. As lágrimas se encontram com a saliva que escorre pela boca, da qual não se ouve nada além do barulho entrecortado da respiração.

O homem recupera o megafone das mãos do amigo e tenta novamente tirar algum som do aparelho. A sirene sai entrecortada, quebradiça, parece um rádio fora de sintonia. Decepcionado, desiste. E se conforma em carregar o apetrecho sem valia. Uma das garotas que o acompanha põe uma bolsa no asfalto e começa a se alongar. Estica os braços tentando alcançar o céu; os braços e o tronco se inclinam para a frente como se fossem uma só estrutura em um movimento suave e contínuo, até que as pontas dos dedos tocam os pés. O homem faz o mesmo, depois de pôr o megafone no solo. A poucos passos, Carolina observa a cena. Já não chora, apenas abraça os joelhos no chão enquanto os lábios tremem. O peito que arquejava descontrolado redescobre a mansidão.

A calma e a placidez, no entanto, são apenas um pedágio que Carolina paga para chegar à inconformidade. E daí ao nojo, e daí à raiva, e daí ao ódio, e daí à ação. Limpa as lágrimas e o corrimento do nariz com as costas das mãos. Levanta-se com rapidez, o corpo balança, recupera o fôlego, tonteia até o oxigênio irrigar o cérebro. Caminha decidida, revestida pela mesma coragem da garota que desafiou Jesus Cristo na frente da madre superiora e diretora do colégio. Volta-lhe o arrojo original que lhe foi roubado noites atrás; o destemor que fazia falta ao fechar do seu apartamento à noite.

O homem conversa com a mulher ao lado entre risos. O amigo dele está cinco passos à frente junto de outra garota. Os dois casais estão parados, arredados de tudo. Carolina se aproxima, com olhos arregalados e narinas dilatadas. Não tem como se dar conta de que vários metros adiante, bem longe de onde ela está, um rapaz retira um objeto vermelho da mochila e segue carregando-o na mão direita por alguns poucos passos.

Ela age rápido. Aproxima-se de olhos fixos no homem até chegar a poucos centímetros de seu rosto. Abaixa-se para pegar o megafone do asfalto e, usando como propulsão a força que ergue seu próprio corpo, impele seu braço no movimento de quem desembainha uma espada. Carolina sente o acrílico duro quebrar ao se chocar com a arcada superior da boca de seu alvo. Pequenos fragmentos brancos de plástico e dentes saltam em todas as direções em uma chuva de sangue. Ela vê o corpo desabar no asfalto da avenida Paulista.

O peso vermelho cai entre os policiais da linha de frente em um baque surdo. A resposta é imediata. O céu escuro é retalhado pelo rastro vaporoso dos tubos de gás lacrimogêneo e um véu fino de fumaça branca desce em direção ao solo, enquanto milhares de pessoas se dispersam aos tropeços e encontrões. O pelotão repressor vem lentamente varrendo a avenida rumo à Consolação sem sair de formação, batendo seus porretes em sincronia no escudo levantado à altura do peito. O horror do gás se imiscuindo sufocante nas vias respiratórias, arranhando os pulmões e espetando os olhos se soma ao pavor evocado pelo batuque dos policiais. Enquanto isso, separada por algumas quadras, a outra metade do torno armado para esmagar o movimento se põe em marcha vindo da Consolação em direção ao Masp.

Carolina se desequilibra e cai sentada no asfalto. Metade do megafone está em sua mão, o outro pedaço cai ao lado do homem desacordado. A mulher que o acompanhava grita seu nome, enquanto se ajoelha na avenida para socorrê-lo. Desnorteada, sem saber o que fazer, olha com horror para Carolina. O casal amigo que estava poucos passos à frente se assusta com a explosão das primeiras granadas de gás e ao se voltar para trás vê seus amigos no solo.

"Meu amor! Luiz! Luiz! Meu amor!", a namorada grita para o homem inerte como se a força das palavras fosse capaz de acordá-lo. Voltando-se para Carolina, que se ergue com dificuldade, ela despeja uma torrente de palavrões. "Sua louca! Você tá louca? Filha da puta!"

"Que porra é essa?", o amigo pergunta desnorteado, enquanto sua namorada se junta à amiga para cuidar do rapaz com o rosto ensanguentado.

"Foi aquela doida! Aquela louca!"

O amigo puxa Carolina pelo braço com força; a metade do megafone que ela segurava agora cai fora de seu alcance. A jornalista tenta se desvencilhar do rapaz, se debatendo com violência. "Me solta! Me solta, porra!"

Enquanto os dois se altercam no confronto, passam correndo manifestantes fugindo das bombas de gás e dos tiros de borracha. O pandemônio instalado na maior avenida do país soterra o pequeno drama pessoal de Carolina.

O rapaz, mais alto e forte do que ela, a segura por trás, laça seu pescoço com o braço direito, enquanto usa o esquerdo para se proteger. Ela contorce o corpo; os ombros balançam de um lado para o outro tentando afrouxar o nó em sua garganta, tentando encontrar alguma maneira de se livrar do braço que a sufoca. Sem outra alternativa, Carolina enreda as pernas entre as pernas dele, e os dois desabam juntos: ele sobre a calçada, ela sobre o seu peito, comprimindo seu pulmão até que o ar não tenha outra alternativa a não ser sair em um único jato pela boca.

No asfalto, as duas mulheres conseguem a muito custo erguer o rapaz golpeado sobre suas pernas cambaleantes. "Você está bem, meu amor? A gente vai pra casa, a gente vai pra casa... Vem, vem, isso, firme!" Ele parece não saber o que está acontecendo, mas concorda balançando a cabeça. Seu nariz está imprestável, é uma massa disforme que serve apenas como duto a despejar sangue em sua camisa já empapada, na namorada e na amiga.

O vento sopra e a nuvem de lacrimogêneo se acerca do cenário de horrores privados de Carolina. Ainda estão engalfinhados no chão, quando seu algoz relaxa o laço do braço em seu pescoço na vã tentativa de se proteger do gás. Ela dá uma cotovelada no estômago dele e finalmente se vê livre. Estabanada, tropeçando nas próprias pernas, cega pelo vapor, corre até encontrar as grades de um prédio que lhe servem de apoio, enquanto observa o vulto do rapaz se arrastar embriagado ao encontro do amigo coberto de sangue e das duas mulheres desesperadas. Seu problema agora é apenas o mesmo de todos os que estão na praça de guerra: o gás, as balas de borracha, a polícia.

O coração de João Paulo acelera enquanto ele vê as primeiras explosões. Se antes pensava em ir para casa, agora tem certeza que é isso que precisa fazer. Ofegante, vê a avalanche de gente correndo em todas as direções e decide se encostar no muro logo atrás de si.

Várias pessoas têm a mesma ideia, e logo as grades e o concreto das calçadas ao longo da avenida se tornam refúgio de dezenas, centenas de manifestantes. Vê a polícia se aproximando atrás do vapor branco. Morde os lábios secos, e a dor ao tocar com os dentes a ferida não cicatrizada o faz lembrar de Rebeca. Decide alcançar a Ministro Rocha Azevedo, imaginando que escapar da Paulista pelas bandas dos Jardins seria o jeito mais rápido e seguro de chegar são e salvo em casa.

Agacha-se para proteger a cabeça e segue costeando o muro. Apoia as mãos no chão para se equilibrar. Avança aos poucos, levantando e agachando, trombando com quem vem na direção contrária, tendo que ultrapassar os mais lentos e se desviar das árvores e seus pequenos canteiros.

O cheiro de gás se mistura ao odor de mijo humano e de cachorros que passeiam ali dia e noite e deixam seus rejeitos aos pés das muretas e paredes. Com as mãos no solo manchado de urina seca, sente vontade de vomitar. Nesse momento, não consegue ver o caminho adiante. Tateia no piso áspero cego pelo vaivém de manifestantes acocorados como orangotangos apavorados. Sabe apenas que deve ir naquela direção, onde a Ministro Rocha Azevedo se abre rumo à Liberdade.

Como uma assombração, um garoto de no máximo 20 anos, com uma camiseta amarrada sobre o nariz, surge na noite e corta seu caminho. João Paulo consegue ver o bloco de concreto que ele tem na mão na altura da cintura magra. Em segundos, a vidraça do banco se parte em estilhaços que logo se desfazem sob o peso dos outros rapazes que invadem o banco para quebrar os vidros das portas giratórias e os caixas eletrônicos.

João Paulo espera a depredação da agência bancária se encerrar para atravessar correndo em direção à esquina. Não quer ser vítima de alguma pedrada perdida, nem alvo para os tiros de borracha. Pressente o momento certo um segundo antes e, quando ele surge, João Paulo está pronto. Começa a correr com toda a força que seus músculos impulsionados pelo medo têm para oferecer. Não olha para os lados, baixa a cabeça e franze a testa. As pernas são obedientes. Nem sua barriga flácida e inútil parece ser um peso. Ergue a vista apenas o suficiente para entrever sua fuga cada vez mais perto.

E com a mesma rapidez que se aproximava, a esquina passa a se tornar inalcançável no momento em que uma bomba explode poucos passos à frente. Ao som seco e assustador da explosão, segue-se uma cortina de névoa. Seus olhos começam a arder, um gosto horrível se instala na boca. E, nesse instante, João Paulo tem a certeza de que a noite não vai acabar do jeito esperado.

Estanca no meio do caminho. Às suas costas vê vários atordoados como ele. Retornar ao abrigo do muro não é uma opção: outra bomba estoura no lugar onde ele estava agachado há poucos minutos, forçando dezenas de manifestantes a correrem para o miolo da avenida. A debandada acontece num segundo — e logo o asfalto está coalhado de almas desorientadas à procura de um lugar seguro.

O publicitário aproveita o pequeno êxodo de manifestantes como escudo para atravessar a avenida. O cheiro insuportável do gás invade seus pulmões; e quanto mais corre, mais gás João Paulo inala. E quanto mais gás inala, mais lágrimas descem pelo rosto. E quanto mais lágrimas, fica mais difícil enxergar.

Aos tropeções, desabando aos poucos, alcança o outro passeio. Atira-se na mureta como se estivesse se abrigando em uma trincheira. Onde está? Em que direção está o centro? O Paraíso? A Consolação? Vê ao longe a polícia se aproximar, já dividida em pequenos grupos que atacam manifestantes encurralados em cantos da avenida, em dentes de calçada, catados a esmo pelos porretes nas duas pistas e sobre o canteiro central. Olha para o lado oposto e divisa o outro bloco policial já passando pela Augusta, varrendo com seus cassetetes quem cruza seu caminho. Intui antes de compreender que ou ele chega à Ministro Rocha Azevedo e foge para a Bela Vista ou ficará espremido entre dois rolos compressores da Polícia Militar. E o tempo não é seu aliado.

O cubículo de Lorenzo a essa hora é quase uma sauna. As janelas cerradas para fugir do frio aprisionam todo o calor que emana do porteiro. Entre aquelas paredes, ele parece três. Para se refrescar um pouco, Lorenzo sai. Vai até o meio do jardim pela alameda de pedras e sente o ar assar o nariz irritado, vermelho, em carne viva. "Merda!" Estica as pernas, respira fundo e ouve ao longe o pipocar dos primeiros tiros, das primeiras bombas. Dali a pouco, começará a correria pela rua, imagina. Volta até a guarita para verificar se os portões estão fechados; aproveita para abrir as janelas e deixar o ar de fora entrar e limpar os odores de gente.

O interfone toca.

"Pois não?"

"Lorenzo?"

"Fala."

"Tô indo agora. Posso deixar tua janta aí daqui a pouco?"

"Você não vai conseguir sair pra lugar nenhum. Manifestação na Paulista. Daqui a pouco chega aqui na porta do prédio."

"Ai, não acredito… De novo? É todo dia agora? Esse povo não tem o que fazer?"

"Não ouviu os tiros?"

"Acabei de sair do banho. Não ouvi nada."

"Não dá pra sair, mas se quiser você pode dormir no quartinho da garagem?"

"Lorenzo, eu lá sou mulher de dormir em quartinho

de garagem?", Priscila finge irritação. "Além do quê, cadê o Vladimir? Não é turno dele?"

"O Vladimir? Por que você quer saber do Vladimir?"

"Tá com ciúmes, homem?"

"Cê já deu pra ele?"

"Me respeite, Lorenzo!", ela responde com autoridade. "Pergunto só porque ele é um ótimo porteiro." E cai na gargalhada.

"E o meu jantar??"

"Cadê o Vladimir?"

"Me pediu pra substituir ele..."

"Vida fácil, hein? Vou te levar o jantar daqui a pouco. Espera um minutinho..."

"O qu..."

Priscila desliga antes que Lorenzo possa terminar a pergunta.

Deixa a guarita e se dirige ao portão pelas lajotas de pedra. Na rua defronte ao Newgate, o ar permanece parado. Não há carros, bicicletas ou motocicletas. Lorenzo respira fundo, passa a mão pela barriga, estica a coluna e relaxa o corpo em um bocejo longo. Sabe que dali a pouco aqueles metros de asfalto receberão os primeiros fugitivos do confronto na avenida Paulista. Foi assim nas manifestações anteriores, não há motivos para pensar que será diferente hoje. Inclina-se sobre o portão, projeta os braços por entre a grade e descansa o cotovelo na estrutura de metal transversal, como de costume. A entrada da garagem permanece inviolada, a grama e as plantas crescem silenciosas no jardim, e o ar frio se congela sobre o asfalto. Com a cabeça vazia de pensamentos, um sentimento agradável emerge, como se Lorenzo fosse uma criança deitada embaixo das cobertas em uma noite de chuva, relâmpagos e trovões. O conforto de estar do lado de cá do portão, a segurança de estar do lado de dentro do Newgate.

Lembra-se de pegar o seu banco e pôr do lado de fora de sua casinha, de frente para a rua. Sabe que em poucos minutos aquela rua estará coalhada de pessoas, e do seu cubículo, sentado, só poderia ver, quando muito, as cabeças dos manifestantes correndo atabalhoadamente, as mãos levantadas em desespero, os rostos molhados de dor e cansaço, os cabelos desgrenhados, esvoaçantes. Aqui fora, por outro lado, o espetáculo será em tela grande de cinema.

A sequência de tartarugas amarelas instalada na rua pela companhia de trânsito no ano passado garante uma atração a mais: a cegueira do lacrimogêneo provoca tropeções, quedas monumentais, tombos e desmoronamentos espetaculares, cujo barulho só não chegará aos ouvidos de Lorenzo porque o ar já estará congestionado com gritos, choros e lamentos. Mas se não há o som, os olhos se deleitarão com meninas novas, quase crianças, desabando incrédulas no asfalto ralador de joelhos, homens feitos e satisfeitos por terem sobrevivido aos porretes da polícia dando de nariz no chão. Depois da queda, o coice, e depois do coice, outra queda. As quatro pernas do banco rangem sob o peso de Lorenzo, que agora apenas espera. Mas não muito.

Uma garota ladeada por dois rapazes desponta no canto da rua. Ela, chorosa e resfolegante, eles, assustados. O trio avança rápido envolvendo-se nos seis braços disponíveis. Caminham pela rua vazia e atravessam o quadro dos olhos de Lorenzo que os observa com expectativa. O garoto da frente tropeça nas tartarugas, mas os outros dois o impedem de ir ao chão. Entre palavrões sussurrados, o grupo de adolescentes segue seu rumo na rua deixando o porteiro com um sorriso frustrado nos lábios. Em segundos, outras pessoas surgem; umas vêm aos magotes, outras sozinhas, olhando para trás repetidas vezes, com o medo estampado no rosto. Algumas quase convulsionam de tanto tossir, uma tosse seca e rascante que esfola a garganta. E, assim, o silêncio da rua é tomado pelo zum-zum-zum do palavrório, das lamentações, da raiva incontida dos manifestantes postos para correr.

Ali todos caminham amedrontados. Uma garota aparece na calçada em frente ao Newgate. Arrasta-se pelo passeio se apoiando nas grades do condomínio. Ao chegar no portão, agarra com firmeza as barras de metal, enquanto varre a rua com os olhos, como se procurasse alguém, como se tentasse entender o que estava acontecendo ou como se fizesse isso apenas por reflexo. Seu corpo desaba sobre o gradil, seu braço se engancha à barra transversal, e é apenas isso que a separa do chão. Balbucia algo ininteligível. Lorenzo, que acompanhava seu périplo e a havia catalogado com uma das prováveis primeiras vítimas a sofrer nas mãos das tartarugas amarelas, cai em dúvida. Não sabe o que fazer. A menina não mora no prédio, não trabalha no prédio. E pelo estado deplorável em que se encontra, não dá nenhuma pista de que pretende sair andando faceira da entrada do Newgate nos próximos instantes.

Um jato branco perolizado e homogêneo sai violentamente da boca da menina dependurada no portão, e Lorenzo então decide que deve agir rápido. Articulando palavrões na cabeça, segue até a porta carregando nos ombros toda a irritação do mundo.

Põe a mão na cintura, depois se agacha, investiga a cena como se fosse um daqueles policiais que estudam meticulosamente cenas de crime. Seu rosto projeta nojo e raiva na mesma medida, além de enfado. Saca do bolso o molho de chaves, caça nas mãos a chave adesivada com um plástico azul. O mecanismo destrava macio, e logo o portão se abre. Longe de seus olhos, um casal tropeça nas tartarugas. A menina levanta com o joelho esfolado e seu namorado se contorce de dor enquanto se põe sentado no asfalto. Atento ao corpo gelado pendurado nas grades, Lorenzo não nota a pequena massa de manifestantes que vem correndo da Paulista e entrando em sua rua. Lorenzo passa um braço embaixo do braço preso na trave de metal, enquanto o outro braço enlaça a cintura da garota desacordada. Ergue-a com facilidade. Mal atravessa o batente, outro jato esbranquiçado jorra em direção de seu uniforme.

"Puta que pariu!", dessa vez o palavrão sai em voz alta. Lorenzo se ajoelha e arremessa a garota para o chão, enquanto tenta se livrar do líquido viscoso com as próprias mãos. Na rua, os manifestantes agora correm. Ao se dar conta do que acontece logo ali a poucos metros, Lorenzo se levanta para fechar a porta. Os mais de cem quilos comprimidos em pouco menos de 2 metros de altura funcionam como uma âncora para as intenções do porteiro. E há pouco a fazer quando um, dois, três... manifestantes de olhos vermelhos com mãos levando pedaços de pano para cobrir as vias respiratórias adentram desesperados.

"Não! Não! Que porra é essa? Isso é propriedade particular! Vocês não podem..."

Com um chute, Lorenzo fecha o portão. Ele agora está realmente injuriado. Três rapazes, quatro garotas e Carolina estão largados no chão, ajoelhados, encolhidos, respirando com dificuldade. A jornalista de cabelos encaracolados se desfaz em lágrimas, o corpo estremece. Lorenzo ajeita a calça para acomodar a barriga, enquanto vê o cenário de desolação no jardim do condomínio que ele é pago para cuidar e proteger. Do lado de fora, os manifestantes passam como vultos de velocistas. Já se pode ouvir o som dos cassetetes batendo furiosamente nos escudos da polícia que desce a esquina.

"Vocês, vocês! Pro hall, o hall dos elevadores! Ali!" Lorenzo passa ao lado dos invasores erguendo-os pelos braços, empurrando-os aos chutes. "Para lá, porra! Pros elevadores! Ali, caralho!" Volta até a porta para recolher a garota desacordada, que arrasta por todo o jardim e pátio. O pé esquerdo do tênis da garota cai no meio do caminho. Lorenzo acomoda a menina no mármore frio da ampla entrada que dá para as três portas de elevadores, enquanto vê os invasores se acomodando onde podem. Resfolegando, cansado, ele retorna até o calçado esquecido. Um tênis feito com fibras sintéticas sobre um solado leve de borracha. Decide não perder tempo e arremessa o calçado em direção ao hall. Antes que possa entrar em seu cubículo de porteiro, encontra duas meninas chacoalhando a porta do condomínio.

"Moço, deixa a gente entrar! Moço, ajuda a gente!"

"Não, não! Aqui não tem espaço, não! Podem ir embora!"

"Só um pouco de água, moço!"

Lorenzo se aproxima das garotas, que agora já são três.

"Eles vão bater na gente! Eles tão batendo em todo mundo!"

O trio com os olhos vermelhos de tanto gás, uma lama de lágrimas e fuligem espalhada pelas maçãs do rosto. A mais alta delas tem sangue coagulado no cabelo logo acima da têmpora esquerda e gotas de sangue seco impregnando a alça da camiseta. Vinte, vinte e poucos anos, Lorenzo calcula.

Bochechas rosadas. Garotas de bairro bom. Pobre é que não são. Suspira, conta até dez enquanto olha o desespero nos olhos das meninas e decide. Tira o molho de chaves do bolso fundo, encontra a chave com adesivo azul e abre a porta para as meninas entrarem.

"O elevador! Vão para o elevador! Ali! Por ali!"

Lorenzo estica o corpo pelo portão. Chama os assustados, os desesperados. Um Noé acolhendo animais que fogem do dilúvio de balas de borracha. Quantos são salvos? Ele não consegue contar. "Para o salão dos elevadores!" O eco das botas no solo e dos cassetetes nos escudos avisa que as fileiras de policiais já viraram a esquina. Não demora muito para o lote de asfalto na frente do Newgate se transformar em um deserto em plena São Paulo. O som seco dos tiros de elastômero ganham corpo. O sopro de faíscas desenhado no ar precede o grupo de homens vestidos de preto que se encaminha lentamente diante do prédio. Em seu cubículo, Lorenzo liga para Priscila.

"Priscila!"

"Você tá vendo? A polícia aí na rua da frente?"

"Sim, tô vendo, sim!", ele procura manter a calma. "Eles já tão passando!"

"Pra que essa loucura, meu Deus?"

"Priscila, faz um fav..."

"Já tô descendo com seu lanche. Você só pensa em comer, menino!"

"Não... Me traz água e vinagre, OK?"

"Vinagre?"

"É, vinagre!"

"Não quer azeite também?"

"Priscila! Porra!"

Ela gargalha. "O vinagre é balsâmico?"

"Priscila, porra, desce com água e vinagre! Muita água!"

A Ministro Rocha Azevedo se oferece a João Paulo como uma amante. As passadas largas deixam a Paulista para trás, e com ela o caos e o medo. À sua frente, apenas o asfalto livre e o ar frio da noite que assume a forma de brisa leve com a velocidade de sua corrida. Exausto e aliviado, João Paulo não tem mais forças para correr. Desacelera, gira o corpo e observa a avenida às suas costas ao longe. Se inclina para apoiar os braços nos joelhos. Põe-se a andar para lá e para cá, como aprendeu nas aulas de educação física na escola.

Na praça ao lado, vê outros manifestantes fugindo da avenida, atravessando o grande gramado que emoldura a fonte majestosa. Garotos se jogam na relva, rolam, gargalham e logo se levantam para não perder o passo. Algumas meninas chapinham sobre a lâmina de água na fonte, chutam a água azul-esverdeada; dois rapazes se juntam à brincadeira. De súbito, uma garota de cabelos curtos e saia longa salta sobre a mureta que cerca a fonte e começa a serpentear na água. "Eu sou Anita Ekberg! Anita Ekberg!"

João Paulo segue, inspirando e expirando. Caminha rumo ao declive que o levará ao viaduto sobre a avenida Nove de Julho. Emoldurada pelo breu da noite que toma conta da Ministro Rocha Azevedo, a Paulista, lá no fundo, se incandesce com o amarelo das lâmpadas dos postes. É apenas um ponto de luz na noite escura. E alguns metros depois é também passado.

Uma brisa, no entanto, sopra um ruído nos ouvidos do jovem publicitário. Um sussurro incompreensível que vem das sombras que caem sobre a calçada logo adiante. De onde está, João Paulo vê a massa amorfa de escuridão se mover desordenadamente, em espasmos. Grandes formas apagadas indo e voltando atabalhoadamente, e em certos momentos estancando, para logo voltarem à agitação anterior. Paralisado no meio da rua vazia, com os olhos agulhados ele tenta perfurar o manto preto que esconde a cena logo adiante.

O sussurro se transforma em cochicho. E o cochicho em berro.

"Cadê a porra da identidade? Quero ver a identidade!"

"Seu P2 do caralho!"

"É P2! É P2!"

"Filho da puta! Tu vai morrer, seu desgraçado! Vai morrer!"

"Escroto! Vai tomar no cu, seu escroto!"

"E você aí? Qual é o problema?", um baixinho entroncado com uma jaqueta vermelha grita para João Paulo. Os outros três companheiros se viram imediatamente na direção do publicitário, enquanto mantêm um rapaz imobilizado pela força dos braços.

"Para... Para, por favor! Eu não sou polícia", balbucia o rapaz com a boca ensanguentada.

"Qual é?", volta a perguntar o baixinho de jaqueta vermelha. "Tu é amigo dele?"

"Não... Nem conheço."

"Então tu vai ter que decidir em que time tu tá jogando: no que tá batendo ou no que tá apanhando. Qual vai ser?"

Os quatro agora olham para João Paulo e ignoram o rapaz no chão.

"Mas vocês vão matar o cara!"

"Mas só depois de levar muita porrada! P2 tem que

morrer mesmo!", fala o mais alto, que veste um gorro preto com o touro do Chicago Bulls estampado. E recomeçam a socar o rapaz. Os três se revezam no açoite. Ora no rosto, ora na barriga, ora nas pernas. Subitamente, o baixinho de jaqueta vermelha avança em João Paulo, que se defende com um soco no rosto. Os dedos estralam ao contato com o queixo do baixinho.

"Eu não sou polícia, porra! Eu já disse!", o rapaz insiste em falar enquanto apanha. Um dos que batiam nele, um gordinho de camiseta curta que revela o umbigo, se volta para ajudar o colega que rola no chão com o recém-chegado. João Paulo acerta uma joelhada no saco de seu oponente, se levanta e leva um empurrão do gordo de umbigo de fora. Se não estivesse tão fora de forma, se fosse um pouco mais ágil, talvez conseguisse se desviar da investida. Desaba dois metros depois, sente o pulso abrir e uma dor que chega a queimar tomando conta de seu braço.

O baixinho de jaqueta vermelha se enrola no chão, como uma cobra, vencido pela dor. João Paulo vê o gordinho se aproximar o mais rápido que um gordinho como aquele poderia se aproximar. O chute de sola no joelho causa estrago. João Paulo sente a articulação de seu adversário se fragmentar sob a sola de seu tênis e o joelho dobrar para o lado errado. O som molhado dos tecidos e ligamentos se partindo, ossos se quebrando e a perna curvada como um pedaço de pano jogado no chão ao acaso causam asco. Enquanto João Paulo se levanta com a mão esquerda contundida junto ao peito, a metade da gangue ainda castiga o rapaz já desacordado na calçada.

Começa como uma pontada, uma dor muito profunda, mas em um ponto ínfimo, menor do que uma cabeça de alfinete. A dor logo se espraia e torna a se condensar até ficar do tamanho de uma pequena flor.

A primeira reação de João Paulo é olhar para o peito, para o lado esquerdo onde a camiseta está rasgada e tingida de sangue. Sente a seiva quente e viscosa escorrer pela barriga, pelas costelas, o cheiro adocicado. A visão se turva; João Paulo não consegue raciocinar. Não entende o que está vendo e ouvindo nem o que está acontecendo. Não sente sequer os pés no chão. Ao seu redor, resta apenas o corpo do rapaz ensanguentado e desacordado. Não há sinal nem do gordinho do umbigo de fora e joelho despedaçado. Torna a olhar para o peito, sem saber o que fazer, com o semblante abobalhado de pálpebras caídas, de lábios pendentes. Parece que é o peito de outra pessoa; parece que é outra pessoa olhando para seu peito. Um rombo do tamanho de um punho fechado no tecido da camiseta abre espaço para que se veja o lugar esfolado onde deveria estar o mamilo. O que sobrou, com suas beiradas cauterizadas, lembra a cratera de um vulcão. Um pequeno pelotão da PM vindo da Paulista começa a se aproximar. Projéteis de borracha ricocheteiam nos muros e no asfalto.

Carolina abre os olhos vermelhos. A luz branca de farmácia dá um tapa no seu rosto. Encostado em uma parede fria de mármore, seu corpo se dobra como uma trouxa de roupas sujas jogada de qualquer jeito em um canto de lavanderia. Permanece assim largada por um tempo até que eleva o tronco, encolhe as pernas e senta-se abraçando os joelhos. Um lustre enorme pende do centro do teto com pequenas lâmpadas frias que simulam velas — vinte e cinco velas, caso Carolina se desse ao trabalho de contar, o que faz o hall cintilar.

Na parede à sua esquerda, a jornalista vê duas portas enormes que dão acesso aos elevadores. Portas de metal lustroso amarelado, talvez do mesmo tipo de que o lustre é feito, que lembram as portas de elevadores dos enormes hotéis que se costumavam construir no meio do século passado. Na parede à direita, um grande banco de madeira escura e pesada serve de cama para um jovem com a perna ensanguentada. Espalhados pelo salão, chorando, soluçando e tossindo, estão os demais invasores do Newgate, transformam o endereço em um hospital de refugiados no meio da maior cidade da América do Sul.

O motor de um dos elevadores é acionado. Silenciosas e eficientes, as correias trabalham levantando e abaixando peso e contrapeso pelo fosso, até que a caixa chega ao pavimento. A porta se abre e Priscila surge com um garrafão de água e um frasco de vinagre para salada. Diante da cena insólita, a empregada fica paralisada, de boca aberta. Não se move antes de varrer todo o salão com seu olhar curioso.

"Ai, meu Deus! O que é isso?", ela se pergunta em um susto. "Lorenzo..."

O porteiro surge pela porta de vidro que dá acesso ao salão. Esbaforido, limpando a coriza nas mangas da camisa, ostenta na altura do peito um rastro de vômito que exala um cheiro azedo de causar engulhos.

"O que é isso?"

"É a vida", responde irritado.

"..."

"Eles entraram!"

Lorenzo pega o garrafão de água, desatarraxa a tampa e despeja um tanto goela abaixo, sem tocar na boca.

"Você abriu o portão? Tu é louco, homem?"

"Pega essa porra desse vinagre e dá pro pessoal aí!"

"Pra fazer o quê?"

"É bom pra limpar os olhos! Pra tirar o gás! Vai, mulher! Anda!"

Priscila sai sem saber onde começar. Atordoada, se dirige ao rapaz deitado no banco de madeira. "E como eu faço? É pra jogar nos olhos?"

"Não! Põe num pano… Joga na camisa desse filho da puta, caralho!… Joga na camisa e faz ele cheirar!"

"Tipo lança-perfume?"

Lorenzo corre para acudir a moça, que perdeu o tênis e a consciência, e jaz no mármore frio ao lado da vidraça que separa o hall do jardim. Ajoelha-se e trata de deitar a cabeça da moça de lado, com medo de que ela vomite novamente e sufoque. A pele dela tem uma cor verde-esbranquiçada. Lorenzo leva a palma da mão esquerda para sentir a brisa tênue que sai da boca. Levanta-se, vai até ao banco de madeira, onde Priscila presta os cuidados ao rapaz com a perna ensanguentada, para pegar uma almofada. Antes de chegar, interrompe o movimento. Priscila olha para ele.

"Que foi?"

Os olhos de Lorenzo se fixam no nada, o rosto perde a expressão.

"Que foi, Lorenzo?"

Volta à garota largada no chão. O esforço para se agachar e subir novamente com a menina nos braços só é desgastante por causa dele mesmo, de seu peso colossal. A menina é uma pluma branca.

"A gente tem que colocar esse povo todo na garagem. No subsolo."

"Agora?"

"É, agora! Daqui a pouc..."

Klank! Lorenzo, Priscila, Carolina, todos os desorientados que gemem nos cantos do enorme salão, olham para o segundo elevador. As correias deslizam suaves, sem atrito. O porteiro permanece imóvel, com a menina em seus braços, enfeitiçado pelo som da caixa de metal que desce pelo poço a poucos metros. Priscila, de joelhos no chão, volta seu corpo esguio para a porta do elevador. Klank!

"Ah, meu Deus..."

A porta se recolhe. De dentro, sai a senhora miúda de passos curtos e rápidos, xale sobre os ombros. Dona Vera. O semblante decidido se desmonta em poucos segundos, no justo tempo que leva para pôr sua mão direita em frente à boca entreaberta. Como uma câmera de vigilância, seus olhos buscam os intrusos, um por um. Cada corpo suado, lacrimoso e sujo é uma nódoa no hall branco como cristal. Ao final, seu olhar encontra os olhos de Lorenzo, quase ao lado de Priscila, com a garota desanimada nos braços.

"Lorenzo, o que é isso?"

"Dona Ver..."

"Ah, isso não vai ficar assim, não!" Antes mesmo de terminar a frase, a ex-síndica vai em direção ao porteiro. A cada passo, a fachada de seu rosto se reconstrói, tijolo por tijolo, músculo por músculo. As sobrancelhas ora arqueadas se retesam.

"Dona Ver..."

Ela agarra o bíceps de Lorenzo com a mão direita, que perto da massa corpórea do funcionário assume a risível proporção de uma pinça de manicure. Por mais que suas unhas se enfiem na pele de Lorenzo, a dor se aproxima daquelas cócegas leves que mães fazem na barriga de seus bebês.

"Eu vou chamar a polícia! Eu vou chamar a polícia! O que é isso?"

E começa a dar tapas nas costas de Lorenzo. Tapas, um atrás do outro. "Eu vou chamar a polícia!", a senhora continua. Uma pequena e delicada metralhadora de tapas. Lorenzo não parece se incomodar. Apenas gira o corpo para a esquerda e para a direita, sem saber o que fazer com a garota em seus braços. Olha para a porta de metal branco reforçado que dá acesso ao subsolo, mas desiste da ideia. É tarde demais. Ainda ajoelhada ao lado e com o frasco de vinagre nas mãos, Priscila está perplexa, enquanto seu paciente ocasional aspira a camisa encharcada e arregala os olhos para o espetáculo ao mesmo tempo cômico e grotesco.

"Esses bandidos! Você deixou entrar!"

"Calma, dona Vera!"

Lorenzo se ajoelha no meio do salão branco. Descansa sua carga no chão, com cuidado para que a cabeça permaneça virada para o lado. O braço do porteiro se desvencilha das pernas da garota, ao mesmo tempo que dona Vera agarra sua camisa pelas costas. "Cadê o Nelson, aquele idiota? Ele não é o síndico? Que síndico é esse? Vou chamar o Nelson e ligar para a polícia!" A frágil mão na gola lembra as mãos de um vaqueiro nas rédeas de um cavalo indomável. Quando Lorenzo gira o corpanzil, seu braço toca o tórax de dona Vera. Para ela, é um coice.

Não é difícil ficar comovido pelo desespero de uma senhora tentando com todas as forças sugar o oxigênio que por alguns segundos parece não mais fazer parte da atmosfera.

Os olhos inflados, com o dobro do tamanho, a boca aberta, escancarada a ponto de forçar as articulações da mandíbula, e o peito encovado, privado de ar. Uma imagem apavorante.

Lorenzo põe as mãos na cabeça. "Caralho!" Vai até dona Vera que treme descontroladamente, sentada no chão. Os braços frágeis da ex-síndica recusam cuidado.

Priscila se levanta e vai em direção ao porteiro. Muda de ideia e se dirige à senhora sentada no chão. Estanca novamente, leva a mão à boca. Os olhos de dona Vera são como duas lanças apontadas para os dela. "Meu Deus, Lorenzo! O que você fez?"

"Puta que pariu!"

Uma garota com o rosto avermelhado, sentada ao lado dos elevadores, tenta conter os ânimos. "Calma, pessoal!" Mas ninguém dá a mínima para o que ela fala.

Lorenzo sai pela porta de vidro em direção a seu cubículo de trabalho.

"Ei, aonde você vai?"

"Pegar o celular!"

"Eu tenho o meu! Tá aqui! Pra chamar a ambulância? Chama uma ambulância?" Lorenzo a ignora. "Qual o número do Samu, meu Deus? Lorenzo, volta aqui!" Priscila olha para aquela coleção de números estampada na tela do celular, mas logo devolve o aparelho ao bolso. Não tem a menor ideia do que deve fazer.

Lorenzo aparece no jardim com o celular no ouvido, esperando que alguém atenda. Não se ouvem mais tiros, o som das bombas é apenas lembrança. Enquanto caminha ao ar livre, ele sente o nariz arder e vê o desgaste que horas e horas de papel higiênico de má qualidade e a manga áspera da camisa provocaram. Ocupado. Volta a teclar o número.

"Você me agrediu!", grita dona Vera ainda sentada no chão. "Você me agrediu! Ele me bateu, vocês viram! Vocês estão de prova! Eu vou chamar a polícia."

Lorenzo não responde, espera com o celular colado à orelha.

"Você me bateu! Você é um monstro! Monstro, covarde! Assassino! Assassino! Você vai pra cadeia! Eu vou chamar a polícia e você vai pra cadeia."

"Calma, dona Vera, foi sem querer", intercede Priscila.

"Sai daqui, sua vagabunda! E você não vai mais trabalhar aqui! Vai pra rua!"

Priscila começa a chorar. "Não, dona Vera, foi sem querer! Foi sem querer, a senhora sabe! Foi sem querer!", ela repete como se a força da reiteração fosse inculcar algum novo pensamento na cabeça da ex-síndica.

"Vou chamar a polícia! Meu primo é juiz! Você vai pra rua e o seu namorado vai pra cadeia!" Ela grita com um fio de saliva escorrendo pelo canto da boca.

Do outro lado da porta de vidro, Lorenzo não se importa. Espera com paciência a chamada ser atendida. Recupera a tranquilidade agora que já sabe o que deve ser feito. Para de andar de frente para o hall dos elevadores. Sentada ao fundo, quase ao lado de Carolina, com a mão no estômago, ainda abalada, dona Vera é observada. Milagre a velha não ter se partido ao meio quando caiu naquele mármore, pensa o porteiro.

"Alô!"

"Alô, Bono!"

Uma barulheira infernal do outro lado da linha torna impossível a comunicação.

"Abaixa esse som, porra!"

"Oi?"

"O som, caralho!"

"Ah..."

Dois segundos depois, a única coisa que se ouvia do outro lado era a voz magra e adolescente de Bono.

"Opa! E aí?"

"Pintou um lance aqui... Tu vai ter que me ajudar."

"Se eu puder resolver, Lorenzão, tamos aí na parada!"

"É sério, porra!"

"Belez..."

"Vai lá em casa e leva os celulares!"

"A gente tinha combin... Hoje? Agora? Cê tá bem louco!"

"É, hoje e agora!"

"Nem a pau! Tu mora na put..."

"Vai lá agora! Não tô pedindo, não. Tô mandando!"

"Mas s..."

"Bono, ou tu vai lá agora e tira o bagulho de lá ou amanhã, ou no mês que vem ou no ano que vem, ou quando eu sair da cadeia, eu vou te encher de porrada, vou acabar com a tua raça! Vou enfiar meu braço pelo teu cu e puxar a língua de volta pela garganta até sair pelo teu rabo!"

"Porra, mano! Preso? O que foi que tu fez, caralho? Era só o que me faltava!" Bono está quase chorando do outro lado da linha. A voz fica mais fina. "Eu tô fora dessa, hein? Nem sei do que você tá falando, eu tô fora dessa! Não tenho nada a ver com isso!"

"Fora é o caralho, mano! Tu tá nessa até o talo! Agora vai lá e limpa a minha casa!"

"Ah, meu Deus... Eu sabia... Eu sabia, caralho! Eu sabia! Mas eu não tenho a chave, Lorenzo! Tu quer que eu arrombe a tua casa? Eu não vou arrombar o teu barraco nem a pau!"

Dona Vera tenta se levantar com dificuldade, inclina o tronco para a frente, se apoia no braço esquerdo e fica de quatro. Priscila nem tenta ajudar, prefere se encolher aos prantos em um canto do salão. "Vou chamar a polícia, menino! Vou chamar a polícia e você vai pra cadeia!", ela agora grita com mais força. "Espera só eu ligar, seu vagabundo!"

Lorenzo volta a atenção para o celular. "Não, não vai arrombar nada! No telhado..."

"No telhado?"

"No telhado tem um buraco por onde um gato entrou hoje de manhã!"

"Um gato? Tu tá de onda, porra! Tu tá me tirando, só pode ser..."

"Esse buraco vai dar lá no banheiro. Entra por lá, tira os celulares, os sacos presos no tampo da mesa, limpa tudo. Vai lá agora!"

"..."

"Entendeu?"

"Entendi..."

"Não vacila. Lembra da porra da tua língua saindo pelo teu cu!"

Dona Vera desiste de se levantar e volta a fica sentada. "Eu vou chamar a polícia! Eu vou chamar a polícia! Você não vai se livrar dessa, menino! Vai pra cadeia, covarde! Malandro covarde! Vai pra cadeia!"

Lorenzo se dirige decidido ao hall incandescente. As vítimas de combate permanecem em suas macas de mármore. Duas garotas que pareciam desmaiadas agora dão sinal de vida e estão sentadas sem entender o que está acontecendo. Priscila está petrificada, com o rosto molhado. Carolina, logo atrás da velhota, tem os músculos da face contraídos, como se estivesse prestes a desabar no choro. Lorenzo caminha rápido.

"Eu vou chamar a polícia!"

O braço de dona Vera, sustentado por ossos que mais parecem gravetos, é inútil para protegê-la do tronco de carvalho articulado que é o braço direito de Lorenzo. A força bruta varre como pó o aparato de defesa que dona Vera preparou para contê-la. A palma da mão abarca a cabeça da ex-síndica do queixo ao cocuruto. A pele frouxa do rosto. Um estrondo redondo ecoa pelas paredes do hall enquanto a velha desaba no chão.

"Pode chamar. Agora pode chamar."

Um vulto surge na esquina vazia e silenciosa. Parece quatro horas da manhã, mas não é nem dez da noite. As poucas luzes que brilham nas janelas dos prédios de uma cidade recolhida são ofuscadas pelo inesperado mar de estrelas no céu limpo. Na rua, há só um caminhão de lixo ao longe, com seus lixeiros correndo ágeis, parando de instante em instante para pegar os sacos plásticos largados nas calçadas, nos cantos, em lixeiras que transbordam. João Paulo se aproxima. Esfarrapado, sujo, com as mãos cruzadas sobre o peito: a mão direita em concha para proteger o que costumava ser um mamilo contra o frio que queima a carne exposta; a mão esquerda apertada de leve contra o tórax em uma tentativa improvisada de imobilizar o pulso distendido.

O celular começa a vibrar incessantemente em seu bolso — é quando João Paulo se lembra de que possui um aparelho. Com a mão direita alcança o celular no bolso. A pele lacerada pela bala de borracha queima no ar. João Paulo se contorce quando um farrapo de sua camisa rasgada toca o ferimento. No visor do celular começam a aparecer as notificações represadas pela falta de sinal. Ligações, mensagens, ligações repetidas, novas mensagens, sua mãe, Boaventura, Duda, Claudinha, o pessoal da agência, Rebeca. De repente, o display do celular brilha com a ligação do Boaventura.

"Alô!"

"Fala!"

"Alô, Jotapê!" A voz chegava com a força de um soco. "Finalmente, cara! A gente pensou que tu tinha morrido! Vai matar a gente de susto na puta que o pariu, seu idiota!" A irritação arrefece. "Porra, velho, não faz mais isso com seu irmão aqui!" E em seguida dá lugar à curiosidade. "Como foi lá na Paulista?"

"Fui! Fui sim..."

"Eu sei, porra! E aí? Que loucura foi aquela? Porrada pra todo lado!"

"Cara, eu não sei na avenida inteira, mas onde eu tava... Onde eu tava..."

"Cê tá bem?"

"Tô cansado... E sem um mamilo."

"Sem o quê?!", o grito do outro lado da linha faz João Paulo afastar o celular do ouvido por um instante.

"Um mamilo. Fiquei sem o mamilo esquerdo!"

Boaventura gargalha. "Um mamilo! Tá falando sério?"

"É."

"A Polícia Militar agora tá treinando canibal? Bem que eu te disse que só ia animal nessa parada..." E continua, não acreditando no que ouve. "Que porra é essa? O cara perdeu um mamilo, meu Deus!"

Ao fundo, João Paulo ouve Duda se espantar.

"Cara, depois eu te conto. Amanhã eu te conto tudo. Tô chegando em casa. Vou dormir. Tô morto, mortinho. Beijo."

"Não, fal..."

João Paulo corta a ligação para abrir a porta do prédio. O elevador demora mais do que de costume para chegar até o andar da portaria. Passada a excitação e o calor do confronto, as dores saem das coxias. O pulso lateja como se na verdade estivesse partido ao meio. João Paulo observa o local e não vê nenhum sinal aparente de hemorragia interna. Consegue flexionar a articulação com cuidado, sem forçar. Imagina que a noite de sono será uma bosta. Imagina em seguida como será tomar banho com esse rombo aberto no peito, e contrai o rosto antecipando a dor.

Gosta do cheiro de casa, se sente abraçado pelo cheiro de casa. Joga a chave sobre a prateleira da entrada e vai à sala para ligar a televisão. Com uma série de movimentos de contorcionista, tira a camisa e a camiseta rasgada sem utilizar a mão avariada e sem tocar a ferida. A poucos passos, o vazio do taco ocupa o seu espaço na sala. As incansáveis formigas atravessam a parede da sala. Ali, ao lado da cama, os pedaços da sua parede não desapareceram, como já havia previsto.

A pá de lixo é de plástico azul, um azul esmaecido pelo tempo. A lâmina está desgastada pelo uso; são anos e anos retirando pó, farelos de pão e bolacha do seu assoalho, mas ele mesmo não se lembra da última vez empunhando a ferramenta. Volta da área de serviço carregando junto a lata de lixo cromada da cozinha e se posta diante das sobras da sua parede ao lado da cama. Ele ainda tem uma mão em pleno funcionamento. Enfia a pá no entulho raspando o chão.

Depois de limpar a sua casa vai usar o formicida contra suas indesejadas hóspedes. E depois, vai ligar para a mãe. Não há melhor momento para avisar a ela que está tudo bem.

A imagem continua sendo projetada em sua cabeça. Uma, duas, três, quatro, cinco mil vezes. A imagem nunca para. Como se um filme chegasse ao fim e imediatamente recomeçasse do ponto inicial. A mesma cena vista e revista de vários ângulos, tentando revelar novos elementos ou novas nuances. Uma obsessão irremediável e incontrolável. Há quanto tempo a mesma sequência de ações, os mesmos diálogos, enquadramentos, sons e luzes estão se repetindo? Carolina há muito perdeu a noção do tempo. Para ela, dois minutos atrás ou meia hora adiante não fazem o menor sentido ou diferença. O que importa é somente ver, rebobinar a fita e rever a mesma cena. Ver e rever, ver e rever. O som da voz, o pavor, o tremor nas pernas, a boca seca, tudo isso seguido pelo ímpeto pleno de coragem e vingança, a mão no megafone, o acrílico duro estourando a boca, rasgando os lábios, quebrando dentes, deslocando os ossos da face e espalhando sangue e fragmentos de plástico e dentes pelo ar. Carolina tenta encaixar a voz apavorante que se enfiou em sua cabeça horas atrás no rascunho de rosto que permanece na memória desde a noite capital. E torna a rever a cena, a boca do rapaz eclipsada pelo megafone em movimento ascendente, o impacto violento, o jato de sangue borrifado no ar, o jato vermelho aspergido no ar vira cor-de-rosa. A voz era a voz, sim. A voz era a voz, sim. Ela tem certeza, é claro que ela tem certeza. A voz era daquele rosto que naquela noite fez o que fez. A imagem congelada do rosto décimos de segundo antes de ser amassado. O rosto era o rosto, como a voz era a voz. O rosto e a voz, ela tem certeza. O rosto e a voz eram o rosto e a voz. Ela tenta encaixar o rosto na voz e a voz no rosto. E a imagem se repete, a voz, o medo, a coragem, o megafone espatifando-se no rosto que era o rosto, o aparelho se dividiu em dois, os dentes transformados em cacos milimétricos sendo pulverizados no ar, caindo no chão como partículas de um espelho despedaçado. Aquela voz era daquele rosto. Era? As vozes eram dos rostos. Eram dos rostos, sim. Mas a cena continua passando sem parar. A voz era do rosto. O rosto era dono da voz. O sangue, a dor e os dentes no asfalto eram do rosto dono da voz. Ela tem certeza. Tem? A cena continua, a imagem não para. Ela tenta encaixar a voz no rosto. Carolina vê e revê.

O hall está repleto de gente. Dona Vera está sentada no grande banco de madeira escura que até há pouco servia de leito de enfermaria. O cabelo desarrumado orna o rosto deformado pelo choro, pela dor e pela vergonha. Um véu arroxeado toma conta do olho esquerdo. Nelson do 502, o síndico, é um dos outros quatro condôminos que cercam dona Vera de murmúrios. É um absurdo, que vergonha, mas como pode? isso é coisa que aconteça, estamos todos perdidos, os bandidos agora trabalham nas nossas casas, não dá pra confiar em mais ninguém, já chamaram a polícia?, alguém já chamou a polícia? A moça desacordada dos pés descalços agora está calçada, e acordada. Lágrimas escorrem por seu rosto e pescoço, enquanto Priscila segura sua mão e oferece um copo d'água com açúcar. O enfermo, dono da perna ensanguentada, já foi embora. Saiu mancando, e nauseado como vários outros. Em silêncio, com a cabeça baixa. Dois deles se despediram de Lorenzo e lhe agradeceram por ter aberto a porta do condomínio. Uma garota o abraçou. E só. O porteiro, com o rosto de pedra e nariz em carne viva, agora está escorado na porta de entrada do hall, esperando o que quer que venha a acontecer. O silêncio envergonhado, pontuado aqui e ali pela conversa miúda entre os condôminos e os soluços da garota do rosto verde, só é quebrado por um grito. Um grito que é um choro.

Carolina treme. Seus ombros chacoalham, o peito convulsiona. Os punhos cerrados e as veias saltadas no pescoço, a raiva de quem chora menos do que gostaria. O choro arranha a garganta, seus olhos se fecham com força. O hall dos elevadores — seu lustre, seus móveis, o metal amarelado — se transforma em uma caixa musical de dor. Os moradores olham para aquela desconhecida gemendo, apertando os punhos, fechando os dedos com tamanha força que as unhas perfuram as próprias palmas e o sangue corre pelo pulso. Priscila descansa o copo d'água ao lado da garota do rosto verde e se dirige a ela, assustada.

"Moça?"

A voz doce de Priscila sai baixinha, indefesa, e chega a Carolina como a voz de um Cristo bondoso, pregado em uma cruz de madeira suspensa na parede de uma escola primária. E o que era raiva se transforma em desamparo. Um desamparo tão franco e honesto que enche os olhos de Priscila. Carolina relaxa, e se entrega em lágrimas. A água desce pelas comportas sem obstáculos, uma massa de água que se conta em dezenas de toneladas de dúvida.

"Moça... O que..."

"Eu não sei, eu não sei!" Carolina balbucia entre soluços. "Eu não sei! Eu não sei!"

**Agradecimentos**

A Giovana Madalosso, pelas leituras, pelos conselhos, provocações e questionamentos que ajudaram a tornar este livro o que ele é. Aos meus pais, Samara e Mariano, pelo incentivo e apoio desde sempre.

**Pedro Guerra** nasceu no Ceará, em 1976, e mora em São Paulo desde 2003. É formado em jornalismo pela Universidade Federal do Ceará e trabalha como redator. Este é o seu primeiro romance.

**Edição de texto** Bruno Zeni
**Capa e projeto gráfico** Sílvia Nastari
**Revisão** Carmem T. S. Costa

Dados Internacionais de Catalogação na Publicação (CIP)
(Laura Emilia da Silva Siqueira CRB 8-8127)

---

Guerra, Pedro.
Avenida Molotov / Pedro Guerra; capa e projeto gráfico, Sílvia Nastari. 1ª ed. — São Paulo: Editora Quelônio: 2018.
(Coleção Valsa de Esquina, 7).
256 p.; 14 x 21,5 cm.

ISBN 978-85-93229-41-1

1. Ficção: Literatura brasileira 2. Literatura brasileira: romance I. Guerra, Pedro. II. Nastari, Sílvia.

CDU 821.134.3(81) CDD 869.93

---

Índices para catálogo sistemático:

1. Ficção: Literatura brasileira 869.93

Editora Quelônio

Rua Venâncio Aires, 1072
Vila Pompeia
05024-030
São Paulo - SP
www.quelonio.com.br

VALSA
de esquina

/

A literatura atual desconhece limites de gênero, estilo ou tema: o romance se fragmenta, o conto e a crônica se enlaçam, indistintos, a ficção está permeada de memorialismo e fantasmagoria, a poesia deriva para o prosaico – ou retoma, ora sarcástica, ora elevada, o rigor formal. Nessa contradança contemporânea, a narrativa, a lírica, a crônica e a memória se atracam, furtivamente, em uma valsa desencontrada.

A coleção Valsa de Esquina toma emprestado o título de um conto de Dalton Trevisan, incluído em *Novelas nada exemplares*, primeiro livro do autor. Também presta homenagem às "Valsas de esquina" compostas para o piano por Francisco Mignone.

**Fontes** Neue Haas Unica Pro e Bembo
**Impressão** Bartira Gráfica
**Tiragem** 400 exemplares

**Coleção Valsa de Esquina, volume 7**
**São Paulo, novembro de 2018**